아리타의 조선 도공 백파선

처음 펴낸날 · 2024년 11월 8일

글쓴이 · 한정기
그린이 · 김태현
편 집 · 허선영
디자인 · 강아름

펴낸곳 · 봄봄출판사
펴낸이 · 허기
주 소 · 서울시 성동구 천호대로 400 신창비바패밀리 1011호
등 록 · 2003년 2월 17일 (제2019-000059호)
전 화 · 02)2212-7088 | 팩스 · 02)2212-7056
이메일 · bbb@bombombook.com
블로그 · http://blog.naver.com/bbpub

ISBN 979-11-88909-066-6 73810

아리타의 조선 도공
백파선

글 한정기 · 그림 김태현

봄봄

| 차례 |

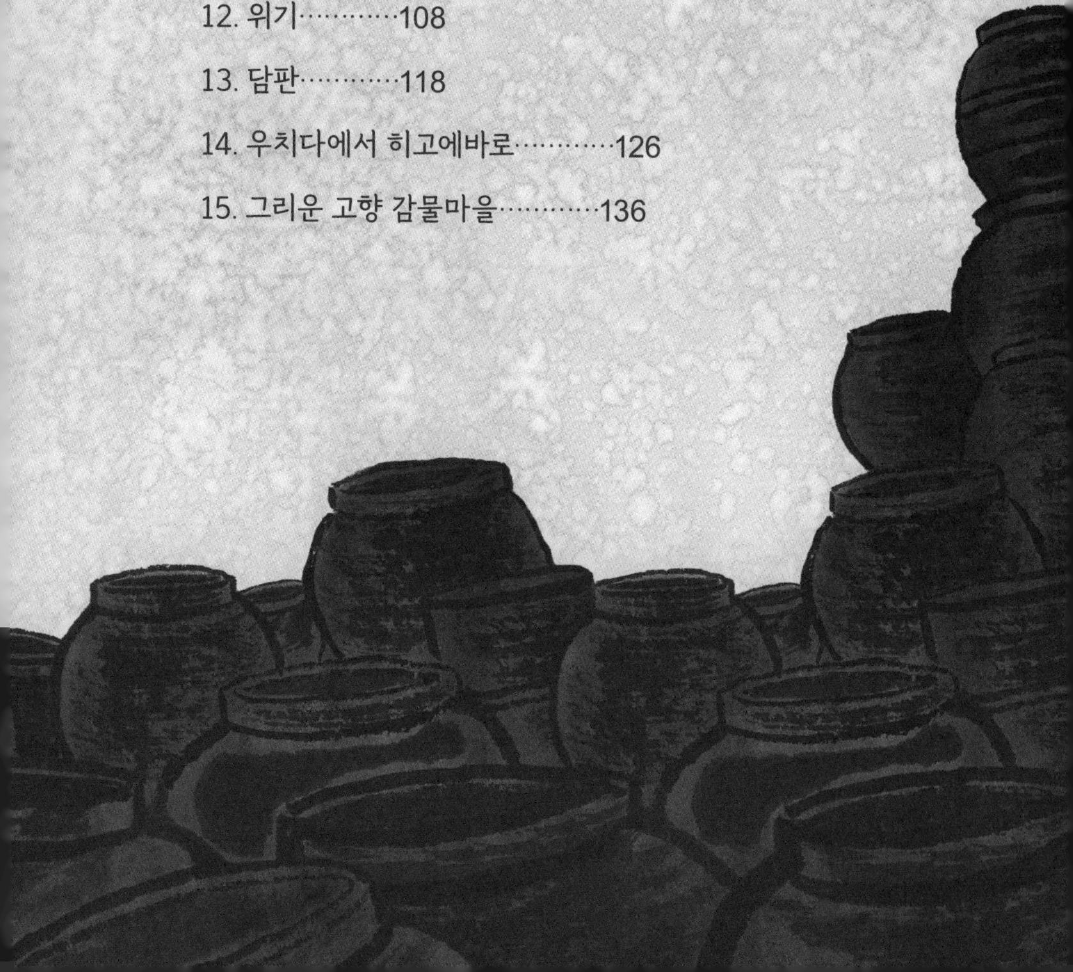

| 작가의 말 |

　조선을 침략한 왜군들이 도요토미 히데요시에게 가장 먼저 보낸 전리품이 김해 향교의 도자기 제기였다고 합니다. 조선의 도자기를 아끼고 사랑한 히데요시는 조선 사람들이 쓰던 밥그릇이나 김치, 깍두기를 담는 보시기를 찻사발로 쓸 정도였다고 합니다. 일본의 다이묘들은 왜구를 시켜 임진왜란 이전부터 김해와 경상남도 일대 가마에서 만든 도자기를 노략질해 갔습니다.

　조선시대에는 도자기 만드는 사기장들을 천한 사람이라고 제대로 대우하지 않았습니다. 임진왜란이 일어나고 일본은 조선의 많은 사기장들을 일본으로 끌고 갔습니다. 일본은 뛰어난 기능을 가진 사기장들을 장인으로 예우해 주며 일본의 도자기를 발전시켰습니다.

　이 책의 주인공인 백파선은 일본 도자기를 발전시킨 중요한 사기장 중 유일한 여성 사기장입니다. 백파선은 감물마을(지금 김해 대감마을) 출신입니다. 그러나 백파선에 대한 자료는 거의 찾아볼 수 없었습니다. 백파선의 어린 시절이나 어릴 때 이름조차도 남아 있지 않습니다. 백파선이 어떻게 자랐고, 어느 집안의 자손인지, 어떻게 결혼했는지, 그런 자료는 하나도 없었습니다. 당연히 백파선에 대한 제대로 된 이야기도 없었습니다.

이 책에서 덕선이라 지은 백파선의 어린 시절 이름은 창작자의 상상력으로 지은 이름입니다. 그리고 일본 도자기 산업의 중심이 된 '아리타' 지역의 지명도 백파선이 그쪽으로 갈 때까지 지도에 없었습니다. '아리타'란 지명은 1680년대가 되어서야 지도에 등장하기 시작했습니다.

임진왜란,

끌려간 조선 도공,

그들이 이뤄 낸 도자기 산업이 일본 근대화의 밑거름이 된 사실.

작가로서 이 매력적인 소재들이 우리 마을에 묻혀 있다는 사실이 놀라웠습니다. 우연한 만남을 통해 백파선이라는 여성을 만나게 되었습니다. 역사 속에 잠들어 있는 백파선을 불러내 대감마을의 이야기로 만드는 게 내게 주어진 소명이라는 생각이 들었습니다.

아리타에서 만들어 낸 백자와 각종 도자기는 유럽으로 수출되어 일본에 어마어마한 돈을 벌게 해 주었습니다. 일본은 도자기를 수출해 벌어들인 돈을 바탕으로 나라의 근대화를 성공시킬 수 있었습니다. 기술이 한 나라를 먹여 살리고 발전시키는 예는 지금도 여전합니다. 일본이 지금처럼 부유한 나라가 될 수 있었던 그 바탕에는 조선의 도공들이 흘린 땀과 피나는 노력이 있었습니다.

　지금으로부터 약 400년 전의 인물인 백파선. 여성 도공이자, 일본 근대화의 초석을 만들어 준 백파선은 현대를 살아가는 우리가 놓치고 있는 게 무엇인지 한 번쯤 생각하게 만들어 주는 인물임은 분명합니다.

　끝으로 백파선에 대한 연구 논문과 모아 둔 자료를 아낌없이 내어 주신 대감마을 이봉수 선생님의 도움이 없었다면 우리 동네 옛 어른이었던 백파선을 생생하게 그려 내지 못했을 겁니다. 고개 숙여 감사드립니다.

한정기

도기와 자기의 차이

도기: 재료는 흙가루, 굽는 온도는 섭씨 1,000도 내외로 항아리(옹기) 같은 그릇.

자기: 재료는 돌가루, 굽는 온도는 섭씨 1,200도 이상으로 청자, 백자, 접시, 찻잔 같은 그릇.

＊ 자기는 도기보다 만드는 기술이 더 어렵고 단단함의 정도도 자기가 도기보다 더 단단하다.

감물마을

경상남도 김해시 상동면 대감리, 현재 지명 대감마을이라고 하는 이곳은 고려 때 감물 야로 불렀고 조선시대 초기에는 감물야촌으로 불렀다고 합니다. 감물은 단물을 뜻하는 말로 대감마을 앞을 흐르는 물이 맑고 달아 감물야촌이라 했다는 말도 있고, 또 하나는 가야시대 대감마을에 철광석이 많이 났는데 철을 제련할 때 사용하는 물을 감물이라 하여 거기서 따온 마을 이름이라는 이야기도 있습니다.

대감마을과 도자기

김해는 고려시대부터 청자를 생산했고 이후 분청사기로 이어집니다.

분청사기는 점토로 그릇의 형태를 만든 후 그 위에 직접 백토를 입히는 기법으로 만든 도기인데 15세기 초반에 발전했다 15세기 중후반부터 쇠퇴하게 됩니다. 고려청자가 장식적이고 귀족적인 형태와 색상을 자랑한다면 분청사기는 왕실부터 관청, 일반 서민까지 다양한 수요층을 거느린 실용성과 기능성을 겸비한 가장 한국적인 미를 갖춘 도자기라 할 수 있습니다.

분청사기의 쇠퇴 후에 만들기 시작한 조선백자는 희고 단단한 태토에 파르스름하고 투명한 유약을 입혀서 구운 것이 특징입니다.

1. 감물마을 잔칫날

　낙동강에서 피어오른 물안개가 들판을 지나 감물마을까지 밀려왔습니다. 마을은 물안개를 이불처럼 덮고 아직 잠들어 있었습니다.

　"꼬끼오오!"

　아침을 알리는 닭 울음소리에 깜짝 놀란 아침 해가 성죽골 뒷산 흰나들* 위로 불쑥 솟아올랐습니다.

　"움머어!"

　외양간에서 소가 기지개를 켜며 웁니다.

　"꿀! 꿀! 꿀!"

　돼지도 아침밥을 달라 꿀꿀댔습니다. 사람들은 가축들 먹이부터 주고 아침을 준비하며 하루를 시작합니다. 마을과 들판을 덮고 있던 물안개도 햇살과 함께 서서히 걷혀 갔습니다.

"오늘 태도와 덕선이 혼례 날인데 빠진 것 없이 준비는 다 되었소?"

감물마을에서 제일 큰 가마를 운영하는 사기장 덕수 어른이 아내 가동댁을 보고 물었습니다.

"준비랄 거나 있나요? 없는 사람들끼리 그저 물 한 그릇 떠 놓고 천지신명께 알리고 절만 하면 끝이지요. 그나저나 오늘 날씨가 잔치하기 딱 좋네요."

"우리 같은 천한 것들이 그런 복이라도 있어야지. 평생 뼈 빠지게 그릇 만들어 바쳐도 사람대접도 못 받고 사는데."

"아이구, 당신은 또 그런 소리를……. 오늘은 좋은 날이니 그런 말은 마시우."

가동댁이 막 방을 나오는데 개똥이가 촐랑대며 마당으로 들어섰습니다. 개똥이는 덕수 어른이 운영하는 가마에서 온 갖 허드렛일을 하는 사령이었습니다. 그러다 기회가 되면 흙 도 이기고* 불 때는 나무도 나르며 도예 기술을 익히고 있었

---

*흰나들: 돌이 많이 흩어져 있는 비탈을 일컫는 말인데, 멀리서 보면 돌이 하얗게 보이는 데서 유래한 말이다.
*이기다: 가루나 흙 따위에 물을 부어 반죽하다.

습니다. 아직 댕기를 드리운 개똥이는 이제 막 어린 티를 벗
어나고 있었습니다.

"어르신! 아침은 드셨습니까? 오늘 태도 형님 장가가는 날
인데······. 어머니가 갖다 드리라고 하셔서······. 별 거 아닙
니다."

개똥이가 도토리묵 한 판을 내밀며 부끄러운 듯 얼굴을 붉
혔습니다.

"아이구, 대동댁 형님이 가을 내내 산에 다니며 주운 도토
리로 묵을 쑤셨구만. 이 귀한 걸."

가동댁이 묵판을 받아 들고 어쩔 줄 모르는데 사립문으로
사람들이 줄지어 들어왔습니다. 모두 덕수 어른 가마에서 일
하는 도공들이었습니다.

"이거, 적지만······, 며칠 전부터 암탉이 낳기 시작한 알이
에요."

도자기 굽 깎는 마조장 아율이는 계란을 들고 왔습니다.

"집사람이 콩나물을 기른 게 있어서······."

삼수가 지고 온 콩나물시루를 내려놓으며 말했습니다. 삼
수는 도자기를 만드는 흙을 이기는 일을 하고 있었습니다.

"또칠이하고 새벽 일찍 강에 나가 잡은 붕어네요."

동관이가 내려놓은 삼태기 안에는 어른 팔뚝만한 붕어 서너 마리가 펄떡거리고 있었습니다. 또칠이는 가마에 불을 땔때는 '화장'이었고 동관이는 '남화장'으로 불꽃을 보며 온도를 계산하는 도공이었습니다.

가동댁 입이 함지박만큼 벌어졌습니다.

"아이고, 이만하면 동네잔치 하고도 남겠네! 다들 이렇게 마음을 모아 주니 정말 고맙네."

"저희 집사람도 일손 도우러 곧 올 겁니다."

콩나물을 들고 온 삼수가 미처 말을 끝내기도 전에 사립문으로 어린 아기를 업은 삼수 아내가 들어왔습니다.

"형님, 제가 늦은 거 아니죠? 얼라 젖부터 좀 먹이고 오느라……."

"아이고, 이 사람아. 그리 급하게 오지 않아도 되는데. 이제 슬슬 준비하면 되겠네."

가동댁은 아기를 업은 삼수댁과 함께 부엌으로 들어가고 남은 도공들은 덕수 어른의 지시에 따라 마당에 혼례상을 준비했습니다.

부엌일을 끝낸 가동댁은 건넌방에 있는 덕선이를 안방으로 불렀습니다. 반닫이에 곱게 넣어 둔 노란 저고리와 빨간 치마를 꺼내 덕선이에게 입혔습니다. 가동댁이 시집올 때 입었던 비단옷이었습니다.

"좀 낡긴 했지만 잘 맞는구나. 인연이 닿아 이렇게 우리 집에 와서 시집까지 가게 되어 맘이 좋다. 이제부터 너를 딸처럼 여길 터이니, 너도 나를 어머니라 생각하렴. 네 이름이 덕선이니 이름처럼 선한 덕을 쌓으며 잘 살 게다."

가동댁이 흐뭇한 얼굴로 덕선이를 바라보며 말했습니다.

덕선이는 가동댁을 보고 깊이 고개를 숙였습니다. 눈물 그렁한 눈에서 눈물이 투둑 떨어졌습니다.

"오늘처럼 좋은 날 우는 게 아니란다."

가동댁은 덕선이를 달래며 치마저고리 위에 혼례복을 입혔습니다. 길게 땋은 머리도 올려 비녀를 찌르고 붉은 댕기를 드리웠습니다.

'부모님도 모른 채 남의 집 허드렛일이나 하던 내게 어머니가 생기고 혼례까지 올리다니.'

덕선이는 모든 게 믿기지 않았습니다.

'꼭 꿈을 꾸고 있는 것 같아.'

덕선이는 허벅지를 꼬집어 봤습니다.

"아야!"

아픈 걸 보니 분명 꿈은 아니었습니다.

신랑 김태도는 덕수 어른이 운영하는 가마의 조기장이었습니다. 조기장은 도자기 형태를 빚는 사람을 부르는 말입니다. 김태도는 어릴 때부터 가마에서 갖은 심부름과 잡일을 하며 기술을 익혀 지금은 감물마을에서 제일가는 도예가가 되었습니다. 김태도는 도예 일을 배우느라 늦도록 장가도 못 가고 마을 가장 외딴집에서 홀어머니와 같이 살고 있었습니다.

덕선이는 몇 년 전, 덕수 어른이 물금에서 제일 부자인 최부자집에 도자기 주문 받으러 갔다가 데려온 처녀였습니다. 덕선이의 고향이 어디인지, 부모님이 어떤 사람이었는지 아무도 몰랐습니다.

그날 덕수 어른 뒤를 따라 들어오는 덕선이를 보고 가동댁이 놀라 물었습니다.

"아니, 그릇 주문 받으러 가서는 웬 처자를 데려왔어요?"

"최부자 집에서 일하는 찬모가 데리고 있던 아이인데 말 못

할 사정이 있어 내가 데려오게 되었소. 당신 가마 일꾼들 밥 하느라 힘든데 부엌일 가르치며 데리고 있으면 좋을 것 같은 데……. 이것도 다 하늘이 준 인연이지 싶소."

"에그 쯧쯧쯔……. 그동안 고생이 많았겠구나. 이제 우리하고 같이 잘 지내 보자꾸나."

속 깊은 가동댁은 덕선의 사정을 헤아려 더 묻지 않고 덕선이를 받아들였습니다. 눈빛은 불안하게 흔들렸지만 덕수 어른 옆에 서 있는 덕선이의 자태가 얌전하고 입매가 야무져 보이는 게 가동댁 마음에 들었습니다. 거기다 남의 집 부엌에서 심부름하며 지낸 아이답지 않게 외모에서 풍기는 밝은 느낌이 좋았습니다. 가동댁은 덕선이에게 이런저런 일을 시켜 보았습니다. 바느질이면 바느질, 음식이면 음식, 빨래면 빨래, 청소면 청소까지. 하나를 가르치면 열을 깨우치는 덕선이었습니다.

"당신이 데려온 덕선이가 보통 영민한 아이가 아니에요. 솜씨도 뛰어나고 마음씨도 어질고 결이 부드러운 아이네요."

가동댁이 남편에게 흐뭇한 얼굴로 말했습니다.

덕선이는 그렇게 사기장 어른 집에서 딸처럼 지내다 오늘 김태도와 혼례를 치르게 되었습니다.

조용하던 감물마을에 모처럼 사람 사는 훈기가 돌며 떠들썩했습니다.

"허허, 새신랑 좀 봐! 인물이 훤하네. 늠름한 대장부구나, 대장부!"

마을 어른들이 고개를 끄덕이며 칭찬했습니다.

"새색시는 어떻고! 귓불이 부처님처럼 늘어지고 얼굴이 보름달처럼 복스럽게 생겼구만."

"맞아! 얼굴색도 발그레하니 곱고."

"아들, 딸 많이 낳고 잘 살겠어!"

마을 아낙들도 입에 침이 마르게 새색시를 칭찬했습니다.

가마 일꾼들이 십시일반 부조한 음식으로 국수를 삶고 도토리묵과 붕어 조림을 안주로 막걸리도 한 잔씩 나눠 마셨습니다.

두 사람의 혼인을 가장 기뻐한 사람은 김태도의 늙은 어머니였습니다.

"이제 나는 내일 죽어도 여한이 없다. 우리 태도가 저리 참한 색시를 맞아 장가를 가게 되다니! 이게 꿈이 아닌지 모르겠구나."

태도의 어머니는 내내 팔을 꼬집으며 울다 웃다 했습니다.

도봉산 너머로 설핏 해가 기울고 김태도와 덕선은 태도네 오막살이 방에 마주 앉았습니다.

"오늘 큰일 치르느라 고생했소."

김태도가 조심스럽게 말했습니다. 가마에 밥 함지*를 이고 오면 자주 받아 주긴 했지만 이렇게 가까이 마주 앉아 보는 건 처음이었습니다. 그건 덕선이도 마찬가지였습니다. 신랑이라고 얼굴을 제대로 바라본 건 오늘이 처음이었습니다. 가동댁을 따라 가마에 점심을 이고 가면 제일 먼저 달려 나와 밥 함지를 받아 주던 사람. 덕선이는 김태도의 자상한 행동이 좋았습니다. 이제 이 사람이 내 남편이라 생각하니 마음이 든든했습니다.

"서방님도 고단하시지요."

덕선이도 부끄러웠지만 용기를 내서 말했습니다.

"내가 열심히 일해서 당신 고생시키지 않을 거요. 나만 믿고 따라 주시오."

------

* **함지:** 나무로 네모지게 짜서 만든 그릇.

김태도는 덕선의 손을 꼭 잡았습니다. 덕선이 가슴이 희망
으로 콩닥콩닥 뛰었습니다.

김태도와 덕선이는 하루하루가 꿈만 같았습니다. 아침에
눈을 뜨면 믿음직한 남편이 곁에 있었고 사랑스러운 아내가
밥을 차려 주는 게 정말 좋았습니다. 두 사람은 비둘기처럼
오순도순 살았습니다. 어느새 아기도 태어났습니다. 김태도
는 아들 이름을 종해라고 지었습니다.

김종해.

덕선이와 김태도 사이에 태어난 첫아들이었습니다. 종해는 무럭무럭 자라 다섯 살이 되었습니다. 덕선은 시어머니를 돌보며 남편, 아들과 함께 더 바랄 것 없는 행복한 나날을 보냈습니다. 한 가지 걱정이 있다면 낙동강을 통해 왜구들이 나타나 도자기나 곡물을 약탈해 가는 일이었습니다.

"요즘 부쩍 왜구들이 자주 나타나는 게 심상치 않소. 종해가 멀리 가지 못하게 하고 당신도 어머님과 집 안에만 있도록 하시오."

"왜놈들이 우리 도자기를 그렇게 탐을 낸다지요?"

"그렇소. 사기장 어르신도 요즘은 완성된 그릇을 창고에 두지 않고 깊은 산속인 임진곡에 숨겨 놓고 있소. 이번 가마에서 구워 낸 분청 막사발은 정말 아름다워 어르신도 감탄을 감추지 않았소. 이제 분청자기는 조선에서 나를 따라올 자가 없다고 하시면서."

김태도가 자랑스럽게 말했습니다. 남편을 바라보는 덕선의 눈이 아침이슬처럼 반짝였습니다. 남편이 조선 최고 사기장이라니. 비록 사람들은 도공들을 천민이라 무시하고 함부로 대했지만 덕선은 남편이 자랑스러웠습니다.

'살림에 없어선 안 되는 그릇을 내 손으로 아름답게 만들어 내는 건 결코 천한 일이 아니야!'

그런 생각을 할 때마다 덕선의 마음에는 기쁨이 샘물처럼 퐁퐁 솟았습니다.

그러던 어느 날, 왜군들이 쳐들어왔다는 소식이 들렸습니다. 1592년 임진년 오월. 왜군들은 부산포에 상륙해 부산진성과 동래성을 차례로 함락한 뒤 김해성을 거쳐 임금님이 계시는 한양으로 쳐들어갔습니다. 왜군은 가는 곳마다 닥치는 대로 사람들을 죽이고 마을을 불태웠습니다. 백성들의 시신이 들에 널렸고 부모 잃은 아이들 울음소리가 하늘에 닿았습니다. 사람들은 두려움에 떨었습니다.

감물마을은 김해성에서도 멀리 떨어진 깊은 산으로 둘러싸인 마을이었습니다. 마을 앞으로는 낙동강이 흐르고 마을 뒤로는 신어산을 비롯해 높은 산들이 첩첩이 둘러싸고 있었습니다. 육지로는 감물마을에 접근하기가 무척 어려웠습니다. 그러나 마을 앞을 흐르는 낙동강을 통해 배를 타면 아주 쉽게 접근할 수 있었습니다.

왜구들은 임진왜란 이전부터 수시로 낙동강을 거슬러 와 도자기와 식량을 노략질해 갔습니다. 부산 앞바다에서 낙동 강을 거슬러 온 왜구들은 약탈한 재물을 배에 싣고 재빠르게 도망갔습니다. 관군은 멀리 있어 아예 도움을 받을 수도 없었 습니다. 그저 알아서 스스로를 지키고 살아야 했지만, 칼과 총포를 든 왜구들 앞에 사람들은 아무런 힘도 쓸 수가 없었습 니다. 목숨만 살려 주면 왜구들이 원하는 걸 다 들어줄 수밖 에 없었습니다. 왜구들은 일찍부터 감물마을에 질 좋은 도자 기를 생산하는 가마가 여럿 있다는 걸 알고 있었습니다. 특히 사발의 모양이 듬직하며 튼실하고 몸통 전체에 다양한 줄무 늬가 있으며 사발을 받치고 있는 네 개의 작은 굽이 살짝 밖 으로 열려 있는 분청 막사발을 보고는 정신을 차리지 못할 정 도로 좋아했습니다.

2. 끌려가는 사람들

"까옥! 까아옥!"

그날 아침은 까마귀가 유난히 시끄럽게 울었습니다.

"훠이! 훠어이! 저놈의 까마귀! 아침부터 재수 없게 까악거리네. 훠어이!"

김태도의 어머니가 사립문 앞에서 까마귀를 쫓으며 중얼거렸습니다.

"세상이 어수선하니 까마귀까지 기승을 부리네."

가마터로 일하러 나가는 김태도가 웃으며 인사했습니다.

"어머니, 까마귀하고 싸우지 말고 그만 안으로 들어가셔요. 저는 가마에 다녀오겠습니다."

"오냐, 조심해서 다녀오너라. 저놈의 까마귀가 오늘따라 왜 저리 시끄럽냐?"

사립문까지 배웅 나온 아들과 아내 덕선이에게도 눈인사를
건넨 김태도는 내동골 쪽으로 발걸음을 옮겼습니다. 가마터
는 내동골 골짜기에 있었습니다.

"어머님, 저는 사기장 어르신 댁에 다녀오겠습니다."

덕선이는 아들과 함께 곧 집을 나섰습니다.

"아이구, 내 새끼 왔구나!"

가동댁은 덕선이와 종해를 친딸과 친손자처럼 아끼고 사랑
했습니다. 덕선이는 시집을 간 뒤로도 날마다 가동댁을 도와
가마에서 일하는 사람들의 점심을 해 나르고 있었습니다.

"김해에 제일 부자인 김대감 댁에서 큰딸을 시집보낸다며
반상기 여러 벌을 주문했는데 이번에 물건이 잘 나온 모양이
야. 특히 술병하고 대접이 아주 잘 나왔다는구나. 사기장님이
여간 기뻐하지 않으시네. 이게 다 종해 아비가 그릇을 잘 빚
어낸 덕이구나."

"어머니, 그릇이 어디 모양만 잘 빚는다고 되나요? 흙이 좋
아야 그릇도 잘 빚을 수 있고 또 터지지 않게 말리기도 잘 말
려야지요. 어디 그뿐인가요? 유약도 잘 만들어 발라야 되고
불도 온도를 잘 맞춰 때야 비로소 제대로 된 그릇이 되지요.

흙과 물, 바람과 불이 한 치 오차도 없이 조화롭게 어우러져야 되는 일인 걸요. 종해 아버지는 거기에 약간의 솜씨만 더 보탠 거지요."

"호호호, 서당개 삼 년이면 풍월을 읊는다더니. 너도 도자기 만드는 남편하고 살더니 도자기에 대해 모르는 게 없구나."

가동댁 칭찬에 덕선이 얼굴을 붉히며 말했습니다.

"어머님, 제가 어머님 앞에서 주제넘게 말이 많았습니다."

"아니다. 나는 네가 솜씨도 야무지고 뭐든 영민하게 잘 배우는 게 기특해서 하는 말이지. 사기장 어른도 연세가 많아 이젠 가마를 운영하는 게 버거우신 모양이야. 건강도 예전 같지 않고. 그래서 가마를 종해 아비한테 물려주실 모양이야. 그리되면 네가 일꾼들을 잘 살펴 종해 아비가 가마를 운영하는데 차질이 없도록 도와줘야 할 거다."

덕선은 깜짝 놀랐습니다. 남편이 도자기를 만드는 솜씨가 뛰어나긴 하지만 가마를 운영하는 건 생각도 못했던 일이었습니다. 아직 남편한테도 듣지 못했던 이야기였습니다.

"사기장 어른과 나만 생각하고 있는 거다. 종해 아비에겐 사기장 어른이 직접 말하도록 하렴."

"당연히 그리해야지요."

덕선이는 가슴이 터질 것처럼 뛰었습니다.

'우리 가마가 생긴다니!'

발이 땅에 닿지 않는 것 같았습니다. 마치 구름 위를 걷는 것 같았습니다. 마음을 가까스로 진정시키고 일꾼들 점심을 준비하고 있는데 마을이 소란스러웠습니다.

"왈! 왈!"

"사람 살려! 아이쿠! 살려주세요!"

개 짖는 소리와 사람들의 울부짖는 소리가 들렸습니다. 그리고 여태 들어보지 못한 소리가 무섭게 들렸습니다.

"탕! 탕!"

"어머니! 이게 무슨 소리예요?"

덕선이는 종해를 안고 부엌 구석으로 몸을 피했습니다.

"너는 꼼짝 말고 거기 숨어 있거라."

가동댁이 사립문 쪽을 살피며 말했습니다. 그러나 가동댁도 새파랗게 질려 부엌 바닥에 주저앉았습니다. 동시에 부엌문이 벌컥 열리며 칼을 든 왜군이 들이닥쳤습니다. 왜군은 무슨 말인지 소리를 질렀습니다. 아마 '여기 사람이 있다!'는 말 같았습니다. 칼을 든 왜군은 눈을 부라리며 덕선이와 가동댁을 밖으로 몰아냈습니다.

"으아앙앙!"

종해가 자지러지게 울었습니다. 덕선이는 얼른 종해 입을 막았습니다. 시끄럽다고 금방이라도 아이를 해칠 것 같았기 때문이었습니다.

"종해야, 뚝! 제발 울지마!"

덕선이는 종해를 꼬옥 품에 안고 앞치마로 감쌌습니다. 가동댁과 덕선이가 마을 앞으로 끌려 나오자 이미 많은 사람들이 모여 있었습니다. 잠시 뒤에 가마터가 있는 내동골 계곡쪽에서 도공들이 줄줄이 끌려 내려왔습니다. 모두 등짐을 지고 있었는데 등짐 안에는 가마에서 구운 그릇들이 가득 담겨 있었습니다.

"어머니, 저기 사기장 어르신과 종해 아비도 있네요. 가마 일꾼들도 다 있고요."

"이게 무슨 난리인지 모르겠구나."

겁에 질린 가동댁 목소리가 떨렸습니다. 훌쩍이며 우는 사람, 엎어졌는지 온몸이 흙투성이인 사람, 다리를 접질렸는지

절뚝거리는 사람, 머리가 깨져 피를 흘리는 사람. 그야말로 아수라장이었습니다. 가동댁은 덕수 어르신 곁에, 덕선이는 종해를 안고 김태도 곁에 바짝 붙어섰습니다. 그 주변을 가마터 도공들이 둘러쌌습니다. 다른 가마터 도공들도 끼리끼리 모여 있었습니다. 모인 사람들을 가운데 두고 칼을 찬 왜군들이 빙 둘러쌌습니다.

"모두 조용히 해라!"

생김새는 영락없는 왜군인데 조선말을 하는 왜군이 앞으로 나오며 소리를 질렀습니다.

"나이가 많거나 병든 사람은 모두 앞으로 나와라."

사람들은 아무도 나가지 않았습니다. 섣부르게 나갔다가 무슨 봉변을 당할지 몰랐으니까요.

"요시! 아무도 안 나오겠다?"

그러자 왜군은 사람들 사이를 돌아다니며 한 사람씩 지목했습니다.

"너!"

"너도 늙은이잖아!"

왜군은 나이 든 할머니를 칼로 가리키며 위협했습니다. 가

마에서 불을 때는 또칠이 할머니였습니다. 또칠이 할머니는
마을에서 가장 나이가 많은 어른이었습니다.

"아이쿠! 사, 살려 주시오."

또칠이 할머니는 털퍼덕 주저앉았습니다.

"앞으로 나가라!"

또칠이 할머니는 벌벌 기어서 앞으로 나갔습니다.

"하, 할머니!"

또칠이가 등짐을 내던지고 할머니에게 다가갔습니다.

"빠가야로!"

왜군은 또칠이를 걷어찼습니다.

"아이쿠!"

또칠이가 배를 잡고 굴렀습니다.

"또, 또칠아!"

또칠이 할머니가 또칠이를 감싸며 소리를 질렀습니다.

"내 새끼! 내 새끼는 건드리지 마소!"

"할머니!"

또칠이와 할머니가 부둥켜안고 울었습니다.

"너는 도공이니 저리 가라!"

34

왜군은 또칠이를 억지로 떼어내 사람들 안으로 몰아넣었습니다.

왜군은 노략질한 도자기와 곡식 등을 모두 배에 실었습니다. 감물마을 사람들도 대부분 배에 태웠습니다. 덕선이와 김태도는 종해를 데리고 배에 올랐습니다.

"여보, 어머님은? 어머님은 보셨나요? 사기장 어른 집에 점심 하러 내려갈 때 어머님이 집에 계셨는데."

덕선이가 걱정과 안타까움이 섞인 목소리로 물었습니다.

"집에 혼자 계셨으니 별일 없었을 거요. 아까 보니 연세가 많은 어르신들은 모두 마을에 남겨 두는 걸 보니 어머님도 그냥 두지 않았겠소."

"그러면 다행인데……."

덕선이는 점점 멀어지는 마을을 바라보며 안타깝게 말했습니다. 배가 감물마을 포구를 출발하자 사람들이 저마다 소리를 지르며 울음을 터트렸습니다.

"아이고! 우리를 어디로 데려간단 말이오?"

"어머니, 아이고, 우리 어머니는 어쩌노! 어흐흑흑!"

"아이고, 아이고! 어엉어엉엉엉!"

"빠가야로! 조센징. 조용히 해라! 조용히!"

왜군은 차고 있던 칼을 뽑아들고 으르댔*습니다. 시퍼런 칼
이 보이자 순식간에 울음소리가 잦아들었습니다.

"아래쪽으로 노를 저어라! 구포나루로 가자!"

왜군은 사공에게 낙동강 하류에 있는 구포나루를 향해 배
를 저으라고 명령했습니다. 도공들과 젊은 여자, 크고 작은

＊ **으르대다:** 계속하여 상대편이 겁을 먹도록 무서운 말이나 행동으로 위협하다.

아이들을 태운 황포돛배는 낙동강을 따라 내려갔습니다. 가물가물 멀어지는 마을과 흰나들 봉우리를 보며 덕선이는 두려움과 슬픔에 목이 메었습니다.

'머잖아 우리 가마가 생길 거라 기뻐했더니, 이게 무슨 날벼락일까?'

배에 탄 사람들도 저마다 걱정과 두려움에 빠져 말을 잃었습니다. 덕선이는 낙동강 기슭에 옹기종기 모여 사는 마을들을 안타까운 눈길로 바라봤습니다. 눈물 그렁한 눈에 감물마을 포구로 흘러 들어가는 대포천이 가물가물 멀어졌습니다.

봄이면 아지랑이 피어오르는 대포천 둑에서 보얗게 올라오는 어린 쑥과 냉이를 캤습니다. 썰물 때면 남편이 종해를 데리고 나가 참게를 한 소쿠리씩 잡아 오곤 했었습니다. 밀물 때면 철 따라 바다에서 올라오는 물고기들이 넘치게 잡혔습니다. 봄철 웅어와 숭어, 여름철이면 날렵한 몸매에 수박향 나는 은어가 잡혔고 가을에 접어들면 살진 전어가 그물이 찢어지게 잡혔습니다. 남편이 투망으로 잡아 온 물고기로 회를 떠 텃밭의 채소와 버무리면 훌륭한 반찬이 되었습니다. 종해는 걸음을 걷기 시작하면서부터 대포천에서 마을 아이들과 멱을 감고 강둑을 뛰어다니며 자랐습니다. 감물마을과 대포천은 덕선이와 가족이 뿌리내린 든든하고 기름진 땅이었습니다.

"시어머님께 인사도 못 드렸는데, 하루아침에 내가 가졌던 걸 송두리째 잃어버리는구나! 어머니, 집, 고향까지."

마음이 뿌리 뽑힌 나무 같았습니다. 끌려가는 사람들의 안타까운 마음을 싣고 강물은 점차 바다를 향해 유유히 흘러갔습니다.

3. 구포 왜성에서

　왜군들은 감물마을에서 데려간 도공들과 사람들을 구포 왜성에 가뒀습니다. 구포 왜성에는 감물마을 말고도 다른 마을의 도공이나 사람들도 많이 끌려와 있었습니다. 덕수 어른과 가동댁은 끌려온 다음 날 바로 왜선에 실려 어디론가 끌려갔습니다. 너무 급작스럽게 벌어진 일이라 말 한마디도 나누지 못한 채 헤어져야 했습니다. 김태도와 덕선은 하늘이 무너지는 것 같았습니다. 부모님처럼 의지하던 어른이었지만 손쓸 방법이 없었습니다. 그나마 다행인 건 가마에서 일하던 도공들이 다 함께 있다는 것이었습니다. 또칠이와 동관이, 개똥이, 아율이, 삼수와 그 가족 등. 모두 합치면 서른 명이 넘는 숫자였습니다. 덕수 어른 내외가 제일 먼저 일본으로 실려 가고 나자 남은 사람들은 김태도를 중심으로 모였습니다. 모두 김태도만 바라보고 있었습니다.

"종해 아버지, 당신만 바라보는 저 사람들을 어찌할 건가요? 우리부터 정신 차려야 해요. 호랑이 굴에 물려가도 정신만 차리면 된다고 하잖아요."

덕선이는 김태도가 용기를 잃지 않도록 격려했습니다. 하루 이틀 지나며 김태도는 마음을 추스려 주변의 다른 사람들을 살피기도 했습니다.

"어르신, 저는 감물마을에서 끌려온 김태도라고 합니다. 어르신은 어디서 잡혀 왔습니까?"

김태도가 늙수그레한 노인을 보고 물었습니다.

"나는 박씨라 하오. 마산에서 붓을 만들며 살았는데 건넌마을에 있는 형님댁에 어머님 제사 지내러 갔다 오다 왜군들에게 끌려온 거라네. 제기랄! 우리 마을은 왜군들이 불 질러다 태워 버렸다누만. 죽은 사람도 많고 마을 사람들 가운데젊은 사람들은 다 여기 끌려왔어."

"왜군들이 우리를 왜 여기다 모아 두는 걸까요?"

"솜씨가 좋은 사람들을 다 일본으로 데려간다누만."

"솜씨 좋은 사람이라면……?"

"음식이나 바느질 솜씨가 좋은 아낙들, 길쌈을 잘하는 여자, 새끼 잘 꼬는 사람, 짚신 잘 삶는 사람, 집 잘 짓는 사람, 나무로 무얼 잘 만드는 사람, 뭐든 한 가지 솜씨를 가지고 있으면 다 잡아간다는구먼. 그중에서도 특히 도공들을 많이 잡아가는 모양이야. 왜놈들은 솜씨가 없어 아직 도자기도 만들 줄 모르는 모양이지. 자네도 손톱에 흙이 묻어 있는 걸 보니 아마 도공인 모양이군."

"네? 그, 그렇습니다."

김태도는 박씨의 눈썰미에 깜짝 놀라며 주먹을 쥐어 손가락을 가렸습니다.

"같은 기술자들끼리 부끄러워할 것 없네. 제기랄, 책이나 읽고 공맹이나 읊는 선비 놈들! 우리 같은 사람은 천시하며 잘난 척은 혼자 다 하더니 나라꼴을 이리 만들지 않았나! 불쌍한 백성들은 왜놈들 손에 죽거나 이제 이렇게 끌려가 무슨 봉변을 당할지, 제기랄!"

김태도와 덕선의 얼굴이 사색이 된 걸 보더니 박씨가 다시 말을 이었습니다.

"벌써 배에 실려 일본으로 데려간 사람도 많아. 저길 보게.

일본으로 가는 배가 사람들을 가득 싣고 날마다 떠나고 있잖
아! 아마 우리도 오늘, 내일 중으로 실려 갈걸? 맘 단단히 먹
어야 될 거야!"

　김태도는 아들 종해를 꼭 안고 있는 덕선을 바라봤습니다.
두 사람의 눈길이 허공에서 굵은 밧줄로 엮이듯 얽혔습니다.
집에 남은 어머니에 대한 걱정. 앞일을 알 수 없는 불안과 두
려움. 김태도의 몸과 마음은 꽁꽁 얼어붙었지만, 아내와 자식
이 함께 있어 그나마 용기를 낼 수 있었습니다. 덕선의 마음
도 같았습니다. 남편 김태도와 종해가 없었다면 단 한 시간도
제정신으로 견디지 못했을 겁니다.

　구포 왜성에 끌려온 사람들은 서로의 고향과 하는 일을 물
었습니다. 그리고 조금이라도 서로 연결된 끈이 있는 사람들
과 마음 의지하며 하루하루 견뎌야 했습니다. 막다른 절벽 앞
에 선 것처럼 막막하고 고달픈 시간이었습니다.

4. 영주를 이롭게 하는 기술

며칠 뒤 감물마을 사람들은 모두 밧줄에 묶여 왜선을 타야 했습니다.

"모두 배에 올라라. 차례차례! 빨리빨리 서둘러라!"

왜군은 칼과 화승총을 겨누고 사람들을 위협했습니다. 사람들은 겁에 질려 왜군들이 시키는 대로 배에 올랐습니다. 감물마을 사람들이 한배에 탄 것은 그나마 다행이었습니다.

"종해 아버지, 마을 사람들이 한배에 다 타서 정말 다행이에요."

"우리를 어디로 끌고 가는지 모르겠네."

차츰 멀어지는 부산포를 바라보며 중얼거리는 김태도의 목소리는 두려움으로 떨렸습니다. 덕선에게도 두려움이 넘실대는 파도처럼 밀려왔습니다.

'아! 내가 살던 집으로 다시 돌아갈 수 있을까? 어쩌면 영영 돌아가지 못하는 건 아닐까?'

덕선은 가물거리는 육지를 조금이라도 더 보려고 목이 아플 때까지 보고 또 바라봤습니다. 볼을 타고 눈물이 흘러내렸습니다. 덕선은 남편과 아들이 볼까 얼른 눈물을 훔쳤습니다.

부산포를 지나 배는 점차 너른 바다로 나아갔습니다. 가물거리던 육지도 이젠 보이지 않았습니다. 함께 배를 탄 사람들 중에는 소리 죽여 우는 사람도 있었습니다.

먼 바다로 나가자 왜군들은 사람들을 묶고 있던 줄을 풀어 주었습니다. 바다 한가운데서 도망갈 곳도 없다는 판단이었습니다. 점점 파도가 거세지고 배가 심하게 흔들렸습니다. 제일 먼저 어린 아이들이 멀미를 하며 토하기 시작했습니다.

"어머니, 속이 울렁거려 죽겠어요. 우웩!"

먹은 것도 없는 종해가 덕선의 치마폭에 노란 물을 토해 냈습니다. 덕선은 종해 등을 쓰다듬을 수밖에 다른 방법이 없었습니다.

"내가 물이라도 좀 얻어 오겠소."

김태도가 어지러운 몸을 일으켜 갑판 위로 올라갔습니다. 뱃머리에 스님처럼 보이는 분이 혼자 서서 부서지는 파도를 보고 있었습니다. 김태도는 조심스럽게 다가갔습니다.

"저……, 아이가 멀미를 심하게 하는데 혹시 물 한 모금 얻을 수 있을까요?"

김태도가 조선말로 했는데 놀랍게도 스님이 조선말을 알아들었습니다.

"아이들이 많이 힘들겠지. 물을 달라고 했나?"

"네! 물을 좀 주시면……."

"잠깐 기다리게."

스님은 선실 안으로 들어가더니 이내 다른 왜군 한 명을 데리고 나왔습니다. 왜군은 물이 들어 있는 가죽 자루를 들고 있었습니다.

"육지에 닿으려면 아직 멀었는데! 귀한 물이다."

왜군은 김태도에게 물 자루를 내밀며 퉁명스럽게 말했습니다. 김태도는 스님께 고개 숙여 절한 뒤 물 자루를 들고 선실 제일 아래로 내려갔습니다. 멀미하는 아이들과 어른들이 토한 토사물과 오줌, 똥 냄새가 가득했습니다. 그 사이를 덕선이 다니며 괴로워하는 사람들 등을 두드려 주고 토사물과 오물을 치우며 진땀을 흘리고 있었습니다. 김태도는 덕선을 도와 사람들에게 물을 나눠 주고 눈을 감고 가만히 누워 있게 했습니다. 김태도와 덕선은 사람들을 돌보느라 멀미할 정신도 없었습니다. 며칠이나 지났는지 미처 세지도 못한 채 배는 대마도에 닿았습니다. 왜군은 조선 사람들은 내리지 못하게 하고 물과 음식을 싣고 다시 일본 본토를 향해 출발했습니다. 파도는 더 높아지고 거셌지만, 멀미를 하는 사람들은 점차 줄어들었습니다. 배의 울렁임에 적응한 것이었습니다. 조금씩 안정을 찾는 사람들을 보고 김태도는 마음이 놓였습니다.

"잠깐 바람 좀 쐬고 오겠소."

김태도는 갑판으로 나갔습니다. 물을 나눠준 스님을 만나고 싶었습니다. 스님은 이번에도 뱃머리에서 먼 바다를 바라보고 있었습니다. 김태도는 스님에게 다가가 두 손을 모으고 절을 했습니다. 일본 스님이었지만 마음이 끌렸습니다.

"스님, 덕분에 뱃멀미를 하던 사람들이 편안해졌습니다. 고맙습니다."

"다행이군. 모두가 힘들겠지만, 마음 중심을 잃지 않으면 좋은 때가 올 것이다."

김태도는 스님의 말에 불안하던 마음이 차츰 진정되는 것 같았습니다.

"저기……, 스님. 한 가지만 여쭤 봐도 될까요?"

스님이 고개를 끄덕이는 걸 보고 김태도는 용기를 내 물었습니다.

"왜군 장수가 우리를 데려가 어떻게 하려는 걸까요?"

"일본은 조선보다 여러 면에서 기술이 떨어져 있다. 너희들이 가진 좋은 기술로 영주님을 이롭게 해 주는 게 너희들이 살

길이다.”

김태도는 정신이 번쩍 들었습니다. 영주를 이롭게 하는 기술이 있으면 일본에서도 살아갈 길이 있다는 말. 가슴속에서 작은 불씨가 켜진 느낌이었습니다.

‘부처님이 우리한테 스님을 보내 주셨구나!’

김태도는 배에서 스님을 의지하며 마음을 다잡았습니다.

“다케오 마을의 온천이 나는 근처에 광복사라는 내 절이 있다. 거기 오면 나를 만날 수 있을 거다.”

스님은 마치 앞날을 내다보는 것처럼 말했습니다.

감물마을 도공들과 마을 사람들을 데려간 왜군은 일본의 사가현 다케오 영주인 고토 이에노부였습니다. 독실한 불교 신자였던 고토 이에노부는 조선으로 출정할 때 스님을 모시고 가 의논을 하기도 하고 중요한 결정을 할 때 조언을 듣기도 했습니다.

고토 이에노부는 조선에서 약탈한 도자기와 재물, 조선의 기술자들을 데리고 사가현으로 돌아갔습니다. 배 안에서 조선 사람들이 어떤 기술을 지니고 있는지 자세하게 조사한 건 물론이었습니다.

5. 산 설고 물 설은 일본 땅

"여기가 왜놈들 나라구나!"

"아이고, 말조심하게. 왜놈들이라니!"

"맞아. 우린 이제 끌려온 몸이란 걸 잊으면 안 돼. 말 한마디라도 조심해서 해야지."

"저들 눈에 벗어나면 목이 열 개라도 남아나지 못할걸!"

사람들이 모여 걱정과 호기심이 뒤섞인 말을 조심스럽게 나눴습니다. 왜군들은 조선에서 데려온 사람들 가운데 도자기를 만드는 사람과 가족들을 사가현의 외딴곳으로 데려갔습니다.

"여기가 너희들이 살 곳이다."

아무리 둘러봐도 집이라곤 보이지 않았습니다.

"여기서 어떻게 살라는 거지?"

도공들과 그 가족들이 다시 웅성거리기 시작했습니다.

"너희들은 솜씨가 좋아 뭐든 금방 만들 수 있지 않나! 당장 집부터 짓도록 해라!"

왜군들은 칼을 차고 서서 도망가는 사람이 없는지 지켰습니다.

"우선 나무부터 잘라 와 움막이라도 지읍시다. 당장 밤이슬은 피해야 하니까."

남자들이 나서서 땅을 고르고 나무를 잘라 와 급한 대로 움막을 지었습니다. 여자들과 아이들도 힘을 보태 마른풀을 꺾어 바닥에 깔았습니다.

"영주님의 명령이다. 자리가 잡히는 대로 너희들은 각자 가진 기술로 도자기를 만들어야 한다. 도자기를 만들어 내지 못하면 양식은 물론이고 국물도 없을 것이다."

왜군들은 약간의 양식과 질그릇 몇 개를 던져 주었습니다.

"아니, 도자기가 어디 하늘에서 뚝 떨어지는 줄 아는가? 우선 흙이 있어야 하고 구울 가마도 있어야지."

성질 급한 또칠이가 투덜대는 것을 김태도가 나서서 말렸습니다.

"내가 스님을 찾아가서 알아볼 테니, 우선 여기서 기다려 보게."

김태도는 왜군에게 물어물어 스님이 계시는 절을 찾아갔습니다. 도움을 청할 곳이라곤 스님밖에 없었습니다. 김태도는 지푸라기라도 잡는 심정이었습니다. 스님은 김태도를 반갑게 맞아 주었습니다.

"스님, 영주님이 도자기를 만들라시는데 무얼 어떻게 시작해야 할지 막막합니다. 저희 마을 사람들이 도자기를 잘 만들지만, 재료가 되는 흙을 어디서 구해야 하는지, 유약을 만들 재료는 있는지 아는 게 아무것도 없습니다."

"으흠!"

스님은 깊은 한숨을 내쉬며 생각에 잠겼습니다. 한참 뒤 스님이 무겁게 입을 뗐습니다.

"내가 영주님을 만나 이야기해 보겠네. 하지만 큰 기대는 말게나."

김태도는 스님이 돌아오길 기다리며 부처님께 빌었습니다.

"부처님, 저희들을 가엽게 여기셔서 부디 이 땅에서도 무사히 살아갈 수 있도록 길을 열어 주십시오."

간절한 마음으로 빌고 또 빌었습니다.

저녁 늦게 스님이 돌아왔습니다. 김태도는 스님의 표정부터 살폈습니다.

"내가 영주님께 조선 도공들 이야기를 했더니, 영주님께서 자네를 만나 보고 싶다시는군. 오늘은 절에서 자고 내일 나와 함께 성으로 가세."

스님은 그 말만 했습니다. 김태도는 밤새 잠을 이루지 못했습니다. 영주 고토 이에노부가 무슨 말을 할지, 자기는 또 무슨 말을 해야 할지 머릿속에서 온갖 생각들이 피어올랐다 사라지곤 했습니다.

다음날 김태도는 스님과 함께 영주가 사는 성으로 들어갔습니다. 칼을 찬 왜군들이 무서운 표정으로 서 있는 방으로 안내되었습니다. 김태도는 오금이 저려 고개도 들지 못했습니다. 영주가 뭐라 하는데 김태도는 무슨 말인지 알아들을 수가 없었습니다. 스님이 말했습니다.

"고개를 들라시네."

"예? 예엣."

김태도는 고개를 들었습니다. 다다미가 정갈하게 깔린 방이었습니다. 화려한 옷을 입은 영주 고토 이에노부가 검게 옻칠한 의자에 칼을 차고 앉아 있었습니다. 그런데 김태도의 눈에 띈 것은 작은 찻상 위에 놓인 분청 막사발이었습니다. 회청색 유약을 바른 뒤 뾰족한 나뭇가지로 무늬를 파서 무늬에 짙은 갈색의 도자기 속살이 드러나게 만든 막사발. 볼수록 정

54

겹고 든든한 느낌이 드는 그 막사발은 분명 김태도가 만든 것이었습니다. 덕수 어른이 튼실한 아들 같은 느낌이 드는 막사발이라며 기뻐하던 바로 그 막사발이었습니다. 그 순간 왜군들이 도자기를 숨겨 놓은 임진곡 가마굴까지 다 털던 게 떠올랐습니다. 다시 고토 이에노부가 뭐라 말했습니다.

"도자기를 보는 네 눈이 예사롭지 않다시구나. 네가 만든 그릇이냐 물으신다."

"맞습니다. 소인이 만든 그릇이 분명합니다."

김태도의 대답을 전해 들은 고토 이에노부의 얼굴이 환해졌습니다.

"내가 제대로 된 도공을 데려왔구나! 어떻게 하면 이런 도자기를 만들 수 있는지 물어 보시오."

스님은 영주가 한 말을 다시 김태도에게 전했습니다.

"먼저 도자기를 빚을 수 있는 좋은 흙이 있어야 합니다. 그리고 가마를 지을 시간이 필요합니다. 그동안 저희들이 지낼 수 있는 집과 먹고살 양식과 입을 옷도 있어야 합니다."

김태도는 조심스럽게 영주의 안색을 살피며 말했습니다.

"그리해 주면 이런 그릇을 만들어 낼 수 있느냐 물으신다."

스님의 말에 김태도는 고개를 끄덕이며 대답했습니다.

"저희들이 안전하게 살 수 있는 집과 기다려만 주신다면 반드시 이런 그릇을 만들어 내겠습니다."

"요시! 요시! 으하하핫!"

그 말은 스님을 통하지 않아도 알 수 있었습니다. 김태도는 이마의 땀을 닦으며 조용히 한숨을 내쉬었습니다.

"우선 흙을 찾아야 할 텐데, 그동안 자네는 내 절에서 지내도록 하게."

스님이 뜻밖의 제안을 베풀었습니다. 김태도는 두 손을 모으고 깊이 허리를 숙여 스님께 감사 인사를 드렸습니다. 암만 생각해도 부처님이 기도를 들어주신 것만 같았습니다.

6. 처음 만든 그릇

마을 사람들은 김태도가 돌아오길 목 빠지게 기다리고 있었습니다.

"영주님이 우리가 살 집과 먹고 살 수 있는 양식을 주기로 했소."

김태도는 기다리고 있는 사람들에게 제일 먼저 기쁜 소식을 전했습니다.

"공짜로 그럴 리 없을 텐데요?"

눈치 빠른 또칠이가 말했습니다.

"당연하지! 우릴 여기까지 끌고 와 그냥 두겠나!"

삼수가 또칠이 머리를 쥐어박으며 나무랐습니다.

"조용히 하고 조기장님 이야기 더 들어 보자고."

아율이가 웅성거리는 사람들을 진정시켰습니다. 김태도가

목소리를 높여 다시 설명했습니다.

"맞습니다. 우릴 죽이지 않고 여기까지 끌고 온 까닭은 도자기를 만들게 하려는 것이었소. 다행히 가마를 만들고 흙을 구해서 도자기를 만들 때까지 기다려 준다고 했소."

"그동안 공짜로 먹여 준다는 말이오?"

사람들 사이에서 누군가 소리 높여 물었습니다.

"우선 도자기를 만들 수 있는 흙이 있는지 살펴봐야 할 것 같소. 흙부터 구한 다음 가마를 짓고 유약도 만들고 해야겠지요. 산 설고 물 설은 일본 땅까지 끌려온 원통함이야 말할 것도 없지만, 우리 힘으로 여길 빠져나갈 방법도 없지 싶습니다. 왜군들과 싸울 힘이 없으니 우선은 저들이 시키는 대로 하면서 차차 다른 방도를 찾아봐야 할 것 같소."

대답을 마친 김태도는 모인 사람들을 둘러보며 다시 차분하게 설명했습니다.

"우리가 도자기를 만들어 낼 때까지 기다려 준다고 했지만 무작정 기다려 주진 않을 겁니다. 내가 흙을 알아보겠지만, 여러분도 좋은 흙이 있는지 살펴보시오. 그러면서 이곳 사람들이 쓰는 말부터 배워야 할 것 같소."

"말을 배우라고?"

다시 사람들이 웅성거리기 시작했습니다.

"저 사람들이 하는 말을 들을 수 있고 우리 생각을 말할 수 있어야 사는 게 수월하겠지요."

덕선은 남편이 하는 이야기를 사람들이 이해하기 쉽게 설명했습니다. 웅성거리던 사람들이 고개를 끄덕이며 조용해졌습니다.

"우리를 도와주려는 스님께 일본 말을 가르쳐 줄 사람을 알아봐 달라고 하겠소. 그리고 나는 당분간 절 근처에서 머물며 도자기를 구울 수 있는 흙을 구해 보겠소."

"조기장님이 여기 안 계시면 우리는 어쩝니까!"

김태수를 의지하던 마을 사람들이 다시 웅성거리기 시작했습니다.

"무슨 일이 생기면 집사람과 마조장 일을 하던 아율이를 통해 내게 기별하시오. 흙을 구하는 게 한시가 급하지만 우리는 이곳에 대해 아는 게 아무것도 없소. 스님의 도움을 받을 수밖에 없소. 그러려면 여기보다는 절 가까운 곳이 훨씬 수월할 거요."

그제야 사람들이 조용해졌습니다.

다케오 영주 고토 이에노부는 약속을 지켰습니다. 조선 사람들이 제대로 된 집을 지을 수 있도록 돕고 먹을 양식과 살림살이 같은 것도 주었습니다. 조선 사람들이 사는 마을이 형태를 갖춰 가면서 사람들도 차츰 안정을 찾아갔습니다. 일본 말도 조금씩 익혀 간단한 의사소통을 할 수 있게 되었습니다. 가장 빠르게 일본 말을 배운 건 아이들이었습니다. 종해를 비롯해 끌려온 아이들은 일본 아이들과 어울려 놀며 금방 말을 배웠습니다. 말을 배운 아이들은 다시 자기 부모들에게 가르쳐 주고 물건을 사 오거나 심부름을 하는 등 부모들이 적응하는 데 큰 도움이 되었습니다.

어느덧 일 년 가까운 시간이 흘렀습니다. 그사이 덕선이 나서 마을 사람들을 설득했습니다.

"조기장님이 흙을 구해 오면 가마가 있어야 합니다. 나중에 급하게 만들려면 제대로 만들기 어렵습니다. 지금 시간 있을 때 가마부터 만듭시다."

"옳습니다. 불길이 잘 통하도록 가마부터 제대로 만들고 땔

나무도 넉넉하게 준비해 둡시다."

속 깊은 아율이가 앞장서 여러 사람과 함께 가마를 만들고 나무까지 준비해 두었습니다. 그러는 동안 김태도는 도자기 만들 흙을 구하느라 사가현 구석구석을 발이 닳도록 돌아다 녔습니다.

"흙이 없다! 흙이 없어!"

눈을 씻고 찾아봐도 도자기 만들 만한 흙이 보이지 않았습니다. 일본은 화산섬이다 보니 우리나라 흙과는 전혀 달랐습니다. 우리나라는 화강암을 바탕으로 형성된 질 좋은 백토가 많이 생산되었지만, 사가현 다케오 지역에서는 철분이 많은 모래흙뿐이었습니다.

"흙이 이러니, 일본 사람들이 나무 그릇을 주로 사용하는구 나. 기껏 만드는 그릇이라는 게 토기 정도니. 토기는 쉽게 깨 질 뿐 아니라 물이 스며들어 냄새나고 더러워져 음식을 담아 먹는 그릇으로 쓸 수가 없지."

김태도는 하루하루 피가 말라 드는 것처럼 애탔습니다. 성 에서 나온 심부름꾼이 기세등등한 얼굴로 소리쳤습니다.

"아직 그릇을 만들지 못하고 있나? 기술자라고 대우해 줬더니 게을러 빠진 조선놈들! 영주님이 이달 안으로 그릇을 가져오지 않으면 모두 노예로 팔아 버릴 거라셨다."

그동안 기다려 주던 영주 고토 이에노부의 인내도 한계에 다다랐습니다. 계속 흙 타령만 하고 있을 수가 없었습니다.

"어쩔 수 없구나! 이가 없으면 잇몸으로라도 해봐야지!"

김태도는 마을로 돌아가 도공들을 불러 모았습니다.

아율이와 삼수를 비롯해 감물마을 도공들은 물론이고 함께 끌려온 다른 가마의 도공들까지 다 모였습니다.

"그동안 흙을 구하러 사가현 곳곳을 다 뒤져 봤지만 이곳에는 제대로 된 흙이 없소. 이제 그릇을 만들어 내지 않으면 영주가 우리를 그냥 두지 않을 모양이오."

"우리도 흙을 찾아봤는데 우리 고향에서 나는 것 같은 백토가 보이지 않습니다요."

"나도 날마다 산으로 들로 다니며 살펴봐도 전부 검은 흙뿐이네요."

"그마저도 모래가 섞인 흙이라 도자기로 만들기가 쉽지 않습니다."

사람들이 저마다 흙을 살펴본 이야기를 했습니다.

"잠깐만요. 쉽지 않다는 건 할 수도 있다는 말 아닌가요?"

남편 곁에 있던 덕선이 누군가 한 말에 되물었습니다. 마지막으로 말한 그 사람에게 사람들 눈길이 모아졌습니다. 감물 마을, 성죽골 계곡의 다른 가마에서 연장(흙을 이기는 작업자) 일을 하던 도공 경수였습니다. 김태도도 잘 아는 사람이었습니다.

"모래흙이지만 곱게 갈아서 물에 가라앉혀 흙을 만들어 보면 방법이 있을 것 같기도 합니다."

김태도와 덕선의 귀가 번쩍 뜨이는 말이었습니다. 다른 사람들도 얼굴에 희망의 빛이 감돌았습니다.

"당장 시작해 봅시다."

도공들은 모래흙 중에서도 그나마 색이 밝은 모래흙을 담아와 절구에 빻았습니다. 가루로 만든 흙은 다시 물에 가라앉혀 물을 따라 내고 고운 진흙 형태의 흙을 걸러냈습니다. 흙을 퍼 나르는 사람, 흙을 빻는 사람, 빻은 흙을 물에 가라앉혀 거르는 사람. 모두 한마음이 되어 일했습니다. 덕선이는 그들이 일하는 데 불편함이 없도록 세심하게 살피며 도왔습니다. 마실 물을 떠다 주기도 하고 마을 여자들과 주먹밥을 만들어

일꾼들을 먹였습니다. 드디어 흙이 완성되었습니다.

"조기장님, 흙을 한번 보시겠습니까?"

김태도는 경수와 다른 도공들이 힘을 모아 만들어 낸 흙을 만져 보았습니다. 입자가 곱긴 했지만, 조선의 흙과는 비교가 안 되는 거친 흙이었습니다.

"더 이상 부드럽게 만들 수는 없는가?"

"죄송합니다. 그게 최선입니다."

"우선 이걸로라도 한번 그릇을 만들어 보세."

김태도는 물레 앞에 앉아 흙덩이를 올려 놓고 빚기 시작했습니다. 얼마 만에 만져 보는 흙인지 가슴이 벅찼습니다. 동시에 제대로 된 그릇이 만들어질지 걱정도 되었습니다. 김태도는 기도하는 마음으로 정성을 다해 그릇을 빚었습니다. 제일 먼저 고향에서 밥을 담아 먹던 밥그릇부터 빚었습니다.

"조기장님, 흙이 조금 거칠긴 하지만 그래도 그릇 형태는 나왔습니다."

다른 도공들이 감탄하며 눈을 빛냈습니다.

"이 정도면 그릇으로 손색없겠어요."

덕선이의 얼굴에도 활짝 웃음꽃이 피었습니다.

김태도는 다시 국을 담던 국그릇과 깍두기를 담던 보시기 등 크기와 모양이 조금씩 다른 그릇들을 차례로 빚었습니다. 김태도는 그릇이 그늘에서 마르는 동안 유약을 만들기 시작했습니다. 참나무를 태운 재와 여러 가지 돌가루가 필요했습니다. 그러나 꼭 맞는 돌을 구하기가 어려웠습니다.

"여보, 제가 이걸 좀 모아 뒀는데요."

덕선이 내미는 자루 안에서 초록색과 짙은 갈색의 단단한 자갈이 쏟아져 나왔습니다.

"아니 이걸 어디서 구했소?"

김태도의 눈이 휘둥그레졌습니다.

"당신이 흙을 구하러 절에 간 사이 저도 여기저기 다니며 흙을 살펴봤지요. 그런데 쓸만한 흙은 보이지 않고 바닷가에서 이런 돌이 보여 모아 뒀습니다. 혹시 쓰일 때가 있지 않을까 싶어서요."

"당신, 정말 대단하오!"

김태도는 덕선의 지혜로움에 절로 고개가 숙여졌습니다. 뿐만 아니라 덕선은 김태도가 머물렀던 광복사 근처가 온천으로 유명한 곳이라는 걸 알고 온천수가 나오는 곳 주변의 유황 흙도 모아 놨습니다. 모두가 유약을 만들 때 쓰일 재료들이었습니다. 김태도는 여러 가지 재료들을 모아 유약을 만들었습니다. 잘 마른 그릇에 유약을 발라 다시 말렸습니다. 그리고 가마에다 그릇을 넣고 불을 지피기 전에 모두 모여 제사를 지냈습니다. 조선에서 가마에 불 넣을 때 지내던 제사처럼 상을 차리고 촛불을 밝혔습니다. 제일 먼저 김태도가 긴장된 얼굴로 절을 하며 제문을 읽었습니다.

"천지신명이시여, 조선에서 흙과 물로 그릇을 빚던 저희들이 흙과 물이 다른 왜국에서 가마를 짓고 그릇을 빚어 오늘 첫 불을 넣으려고 합니다. 이제 새 불과 새 흙이 만나 새로운 그릇을 만들어 주실 걸 믿습니다. 저희가 정성으로 차린 상을 받으시고, 머나먼 왜국까지 끌려와 목숨을 이어가는 우리를 불쌍히 여기시어 그릇이 잘 나오게 도와주소서!"

함께 그릇을 만들었던 도공들도 절을 했습니다. 절이 끝나고 불이 들어가는 순간 덕선이도 손을 모아 빌었습니다.

"비나이다, 비나이다. 천지신명님께 비나이다. 가마에 든 그릇은 조선 사람들의 목숨줄 같은 그릇입니다. 굽어살피셔서 터지거나 깨지지 않고 온전한 그릇으로 만들어 주소서. 비

68

나이다 비나이다!"

드디어 가마에 불이 지펴졌습니다. 처음부터 온도가 너무 높아도 안 되고 너무 낮아도 도자기는 제대로 구워지지 않았습니다. 화장 또칠이가 장작을 넣고 남화장 동관이는 불꽃의 색을 살피며 온도 조절을 했습니다.

"흙이 조선 흙하고 전혀 다르니, 불 조절을 어찌해야 할지 모르겠는데……, 모래흙이라 불꽃이 주황색을 넘으면 안 되지 싶어요."

동관이는 잔뜩 긴장한 얼굴로 아궁이 앞을 떠나지 않고 불을 살폈습니다.

"흙이 다르니 불도 달라야 하겠지. 흙, 불, 유약. 모든 게 맞아야 되는데. 이곳에선 다 처음이니……. 모든 건 천지신명께 맡길 수밖에!"

김태도도 가마 앞을 떠나지 않고 기도하는 마음으로 기다렸습니다. 해가 뜰 무렵 넣은 불은 낮 동안 타고 어두워질 무렵 사그라들었습니다. 이제 아궁이를 닫고 가마가 저절로 식기를 기다려야 했습니다. 초조하고 기대에 찬 시간이 흘러갔습니다.

며칠 뒤 가마가 식고 아궁이를 열고 흙으로 막아 둔 가마 입구를 헐어냈습니다. 일본 땅에 끌려간 조선 도공들의 눈물과 한숨이 서린 그릇이 가마 안에서 불에 구워져 새로운 모습으로 태어나는 순간이었습니다.

7. 백 번이고 천 번이고

"아! 이, 이럴 수가!"

가마에 들어간 김태도의 비명과 같은 탄식에 덕선은 심장이 쿵! 떨어졌습니다. 두 손을 모아 쥐고 남편이 나오기만을 기다렸습니다. 김태도가 들고 나온 그릇은 검은색에 가까운 토기 비슷한 그릇이었습니다. 도자기라고 부를 수 없는 그릇들이었습니다. 그것도 대부분 터지고 깨져 제대로 된 형태를 유지하고 있는 건 몇 개 되지 않았습니다.

"아! 어떻게 이런……."

덕선은 남편이 들고 나온 도자기 파편들을 보고 말을 잊지 못했습니다. 잔뜩 기대하고 기다렸던 사람들의 실망도 이만 저만이 아니었습니다. 그렇게 간절히 빌고 또 빌었는데 하늘도 무심했습니다. 마음 같아서는 하늘에 대고 원망이라도 하고 싶었습니다. 열심히 도자기 만들고 착하게 살았는데, 낯설고 말도 잘 통하지 않는 왜국까지 끌려와 이 고생을 해야 하는지 울고 싶었습니다.

그러나 덕선은 다시 마음을 다잡았습니다. 남편을 바라보고 있는 사람이 한둘이 아닌데 처음 실패했다고 이대로 주저앉을 수는 없는 일이었습니다. 아니, 주저앉아서도 안 되는 일이었습니다. 어떻게 하든 도자기를 만들어 내야 했습니다. 천 길 낭떠러지 앞에 선 절박하고도 간절한 마음. 그런 마음이 덕선이를 다시 서게 만들었습니다.

"여보! 다시 시작해 봅시다."

망연한 얼굴로 주저앉은 남편을 덕선은 일으켜 세웠습니다.

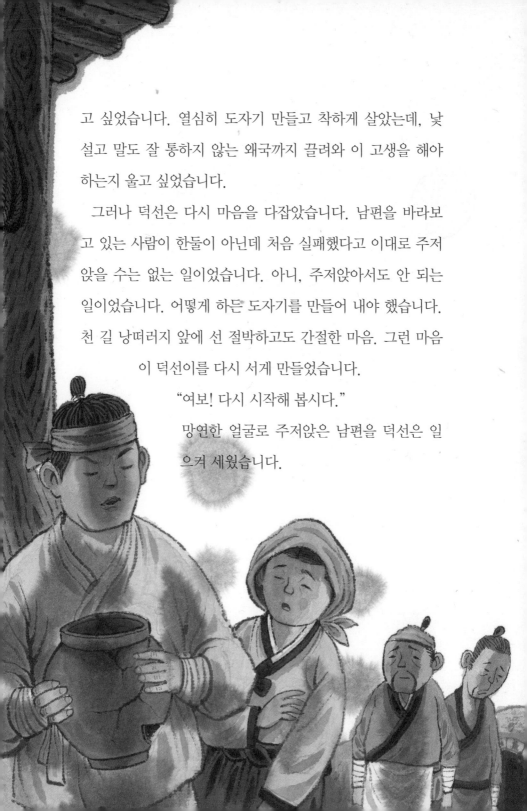

"흙과 물, 유약도 다른데 처음부터 제대로 된 그릇이 나올 수 있겠습니까. 실패를 교훈 삼아 그 원인을 살피고 다시 시도해 봐야지요."

가마 곁에 둘러서 있던 사람들도 덕선의 이야기를 듣고는 다시 용기를 냈습니다.

"조기장님, 우리 다시 시작해요. 백 번이고 천 번이고 제대로 된 도자기가 나올 때까지 만들고 또 만들어 봅시다."

"그럼요. 도자기를 만들어 내야 우리가 사는데, 여기서 주저앉으면 안 되지요."

"뭐가 잘못됐는지 차근차근 살펴보고 다시 만들어 봐야죠."

도공들이 앞다투어 나서며 용기를 불어넣었습니다.

"처음부터 다시 시작해 봅시다."

김태도는 다시 일어섰습니다. 다시 모래를 빻아 흙을 만들고 새로운 방법으로 유약을 만들었습니다. 덕선은 남편과 도공들 곁에서 팔을 걷어붙이고 함께 도자기를 만들고 유약을 개발했습니다. 참나무를 태운 재에 쇳가루를 섞어 보기도 하고 구리 가루를 섞어 유약을 만들어 보기도 했습니다. 실패하고 또 실패했습니다. 그래도 김태도와 덕선은 실망하지 않고

새롭게 시작했습니다. 유약에 따라, 불의 온도에 따라, 굽는
시간에 따라 그릇은 조금씩, 조금씩 제대로 된 도자기의 모습
을 갖춰 갔습니다.

"게으름뱅이 조센징! 영주님의 은혜로 이렇게 빈둥대면서
도대체 도자기는 언제 만들어 낼 거냐?"

성에서 수시로 왜군이 나와 도공들에게 온갖 욕설과 패악
을 부렸습니다.

"도자기가 말처럼 그렇게 쉽게 만들어지는 물건이 아닙
니다. 이걸 보십시오. 차츰 도자기의 모습을 갖춰 가고
있지 않습니까! 우리도 지금 최선을 다하고 있으니
조금만 더 기다려 주십시오."

덕선이 나서서 그동안 실패한 도자기 파편과 그릇들을 보여 주며 사정했습니다. 끌려온 조선인 중에 덕선이는 이미 일본 말을 자유롭게 할 수 있는 몇 안 되는 사람 중 한 명이었습니다.

"계속 다음에! 다음에! 하며 지금까지 이러고 있지않느냐! 거짓말쟁이들! 조센징들은 다 거짓말쟁이에다 게으름뱅이들이다! 이번은 그냥 가지만 다음에 올 때까지 도자기를 만들어 내지 못하면 목이 날아갈 줄 알아라!"

왜군은 칼을 뽑아 들고 겁박까지 하더니 돌아갔습니다. 그럴 때마다 도공들과 김태도의 마음은 빠작빠작 타들어 갔습니다.

"여보, 너무 신경 쓰지 말아요. 당신은 지금 아주 잘하고 있어요. 곧 제대로 된 도자기가 나올 겁니다."

덕선은 지치지 않고 남편을 격려하고 도공들에게 힘을 불어넣었습니다.

"여러분, 조금만 더 힘을 냅시다."

도공들은 덕선의 밝고 힘찬 모습을 보며 새롭게 힘을 얻었습니다.

그러던 어느 날, 가마에서 김태도의 목소리가 울려 퍼졌습니다.

"드디어 된 것 같소! 이 정도면 도자기라 부를 수 있겠소."

수많은 반복을 거쳐 드디어 도자기가 만들어진 것이었습니다. 짙은 갈색과 살짝 청록색이 감도는 갈색 막사발이 완벽한 형태 그대로 햇살 아래 모습을 드러냈습니다.

"오! 드디어!"

김태도와 도공들은 서로 부둥켜안고 눈물을 흘렸습니다. 덕선이도 목이 메었습니다.

"이제 흙에 맞는 유약과 불의 온도까지 찾아냈으니 만들고 싶은 그릇을 마음껏 만들 수 있게 되었소! 당신이 지치지 않고 용기를 불어넣어 준 덕분에 우리가 끝까지 할 수 있었소."

김태도와 도공들은 덕선을 둘러싸고 함께 기뻐했습니다. 왜국에 끌려온 뒤 처음으로 덕선은 맘 놓고 활짝 웃었습니다.

8. 영주를 매혹 시킨 향로와 찻사발

김태도는 이제 일본 흙으로 제대로 된 도자기 만드는 방법을 터득했습니다. 자연스럽게 자신도 붙었습니다. 김태도가 도공들을 불러 놓고 말을 꺼냈습니다.

"이제 그간의 경험을 바탕으로 영주님께 보낼 도자기를 만듭시다. 최고의 도자기를 만들어 그동안의 신세를 갚고……."

"신세는 무슨 신세요? 우릴 강제로 끌고 와 노예처럼 부려 먹으려는데."

흙을 만드는 데 중요한 역할을 한 연장 도공 경수가 볼멘소리를 내뱉었습니다.

"우리가 끌려오긴 했지만, 영주님이 그동안 우리가 살 집과 살아갈 수 있는 돈을 대 주신 건 맞지 않습니까. 이제 그동안 진 빚을 도자기로 갚고 당당하게 영주님과 거래를 해야겠지

요. 왜군 대장들은 조선 도자기라면 물불을 가리지 않고 가지
려 드는데 우리는 그걸 잘 이용해야 합니다.”

　덕선이 그동안 마음속에 품고 있었던 생각을 말했습니다.
모여든 사람들이 덕선을 바라보며 숨을 죽였습니다. 남편
김태도 역시 덕선의 말에 깜짝 놀랐습니다. 자기는 도자기
를 만들 생각만 하느라 미처 거기까지 생각하진 못했던
것이었습니다.

　'정말 놀라운 사람이구나!'

　김태도는 아내지만 덕선을
존중하는 마음이 절로 우러났
습니다.

"조선에서 우리 도공들은 천한 대우밖에 받지 못했습니다. 그러나 왜국에서는 기술을 지닌 사람을 함부로 대하지 않는 걸 알았습니다. 우리가 제대로 된 도자기만 만들어 내면 얼마든지 대우도 받고 돈도 벌 수 있을 겁니다."

덕선의 말에 도공들은 저마다 희망에 부풀었습니다.

"그렇게만 된다면 얼마나 좋겠소!"

"이젠 자신 있습니다."

"우리 솜씨를 살려 왜놈들 기를 팍 죽여 줍시다."

도공들 사이에서 자신감이 넘치는 말들이 쏟아져 나왔습니다. 김태도와 덕선은 웃으며 고개를 끄덕였습니다. 그러나 연장 도공 경수는 불만이 가득한 얼굴로 입을 삐죽였습니다. 사람들이 김태도와 덕선이만 믿고 따르는 게 못마땅했습니다.

"도자기를 빚으려면 흙이 얼마나 중요한데. 그 흙을 만드는 방법을 내가 생각해 냈는데 사람들은 그걸 몰라! 두고 봐라. 언젠가는 내가 가마를 이끌고 사람들이 다 내 말을 따르는 날이 올 거니!"

경수는 날카로운 발톱을 웃는 얼굴 뒤로 숨기며 중얼거렸습니다.

드디어 영주를 찾아갈 도자기가 만들어졌습니다. 김태도는 덕선과 함께 정성 들여 포장한 나무상자 두 개를 들고 영주 고토 이에노부를 찾아갔습니다. 일본 말을 유창하게 할 수 있는 아내 덕선이 함께 가니 김태도는 천군만마를 얻은 것처럼 든든했습니다.

"오래 기다려 주셨습니다! 영주님 덕분에 드디어 제대로 된 도자기를 만들었습니다."

김태도가 조심스럽게 나무상자를 열고 짚으로 둘러싼 도자기를 꺼냈습니다. 첫 번째 상자에서는 짙은 갈색의 향로가 나왔습니다. 둥근 몸체를 여덟 면으로 깎은 형태였으나 모나지 않고 우아하면서도 단정한 향로였습니다.

"오호……!"

이에노부 영주의 입에서 감탄이 터져 나왔습니다.

두 번째 상자에서는 연한 갈색 찻사발이 나왔습니다. 옅은 갈색 찻사발은 표면은 수더분한 시골 아낙 같은 모양이었으나 사발 안쪽과 굽에는 유약이 타면서 흘러내린 무늬가 일부러 흩뿌려 만든 것처럼 오묘했습니다. 유약과 불이 만들어 낸 절묘한 무늬는 마치 밤하늘의 별을 뿌려 놓은 것 같았습니다.

향로와 찻사발 모두 완벽한 형태에 은은한 광택과 아름다운 색까지, 나무랄 곳 없는 명품이었습니다.

"훌륭하군! 훌륭해……!"

영주는 입이 귀에 걸려 감탄과 함께 벌어진 입을 다물지 못했습니다. 도자기를 바라보는 눈에 꿀이 뚝뚝 떨어졌습니다.

"마음에 드십니까?"

"오! 마음에 들다마다. 내가 제대로 된 도공을 데려왔군! 제대로 된 도공을!"

영주는 감정을 숨기지 않고 다 드러냈습니다.

"맘에 드신다니 저희도 기쁩니다."

김태도와 덕선은 머리를 숙여 인사했습니다.

"영주님이 도자기를 만들 수 있게 지금까지 너희
들을 지켜주고 보살펴 줬으니 이제 영주님이 원하
시는 도자기를 부지런히 만들어 은혜를 갚아야 해!"

영주 곁에 서 있던 시중이 참견하듯 끼어
들었습니다. 덕선이 기다리고 있던
말이었습니다.

"당연한 말씀이십니다. 저희도 영주님의 은혜를 한시바삐 갚고 싶습니다. 그러려면 더 많은 가마와 흙, 유약을 만들 재료들이 있어야 합니다. 지금 있는 곳은 도자기 구울 나무를 구하기도 힘들고 터도 좁아 가마를 더 만들기 불가능합니다. 나무를 쉽게 구할 수 있고 가마도 여러 개 만들 수 있는 우치다 산으로 옮겨 가게 해 주십시오."

덕선은 주저하지 않고 남편과 미리 짜 놓은 계획을 말했습니다. 시종이 '엇 뜨거워라!' 하는 표정으로 영주의 눈치를 살폈습니다.

"좋아! 좋아! 내 너희들이 원하는 건 뭐든 다 들어주겠다! 도자기만 만들어라!"

고토 이에노부 영주는 덕선이 요구하는 것을 다 들어주었습니다. 영주는 김태도와 덕선이 들고 온 도자기에 그만큼 매혹된 것이었습니다.

9. 우치다 가마에서 시작된 고가라쓰야키

　덕선의 지기로 김태도는 조선 도공들을 데리고 우치다 산으로 옮겨갈 수 있었습니다. 김태도의 솜씨를 확인한 고토 이에노부 영주는 필요한 지원을 아낌없이 주었습니다. 무엇보다 김태도와 도공들을 기술자로 우대해 주었습니다. 영주가 그러니 군사들이나 그 신하들도 따라갈 수밖에 없었습니다. 조선 도공들은 값비싼 유약 재료와 처음보다 질 좋은 흙도 구할 수 있었습니다. 좋은 재료는 좋은 도자기를 만들었습니다. 김태도는 김해에서 만들었던 분청사기와 닮은 철화분청자기도 만들어 냈습니다.

　김태도는 이제 이름도 '후카미 신타로'로 바꿨습니다. 후카미는 출신지역인 김해를 뜻하고, 신타로는 이름이었습니다, 그러니까 후카미 신타로는 '김해 출신 신타로'라는 뜻이었습니다. 일본 사람들은 김태도를 후카미 쇼덴, 심해종전으로 부르기도 했는데 쇼덴이나 종전은 한 종파의 조상이라는 뜻이었습니다. 조선에서 온 도공들과 여자들, 아이들까지 차츰 일본 이름으로 바꿨습니다.

시간이 흐르면서 우치다 산의 가마에는 소문을 듣고 사람들이 하나둘 찾아왔습니다.

"저는 다케오에서 나고 자랐습죠. 후카미님의 소문을 듣고 찾아왔습죠."

덕선은 초라한 행색을 한 일본인을 보고 물었습니다.

"무슨 일을 할 수 있는가?"

"저는 몸이 작지만 보기보다 빠르고 힘이 셉죠. 뭐든 시키는 대로 다 할 수 있습죠."

그는 곁에 있는 두어 살 쯤 되는 아기만 한 바위를 번쩍 들어 올렸습니다.

"좋아. 너는 오늘부터 가마에서 물과 흙을 운반하는 일을 맡거라."

덕선은 가마에서 일하고 있던 수토재군(물과 흙을 운반하는 사람)을 불렀습니다.

"이 사람에게 수토재군 일을 가르치고 시키시오. 힘이 좋아 도움이 될 겁니다."

또 어느 날은 한 무리의 조선 사람들이 찾아왔습니다.

"김태도 어른의 소문을 듣고 찾아왔습니다."

"아니, 어찌 이곳까지?"

"우리를 끌고 온 영주가 죽고 갈 곳이 없어졌습니다. 다른 가마로 간 사람들도 있고, 멀리 또 다른 나라로 팔려 간 사람들도 있습니다. 그동안 모은 돈으로 우리는 가까스로 몸값을 치르고 여기까지 오게 되었습니다. 제발 우리를 받아 주시오."

"가마에서 무슨 일을 하셨소?"

"저는 재를 운반하는 '운회군'이었습니다."

"유약을 제조하는 '연정'과 시유하는 '간수장' 일을 오래 했습니다."

"저는 굽을 깎았습니다."

"'건화장' 일을 했습니다. 흙의 종류에 따라 그릇을 얼마나 말려야 하는지 저만큼 잘 아는 사람도 드물 겁니다."

덕선이는 도공들을 다 받아들여 가마에서 일하게 했습니다. 김태도와 덕선의 우치다 가마는 어느새 도공과 일꾼이

960명이나 되는 거대한 가마로 발전했습니다.

김태도와 덕선은 도공이 되기 위해 찾아온 일본 사람들에게 도자기 기술을 가르쳤습니다. 그리고 끊임없는 실험을 통해 새로운 기술을 개발했습니다. 쌓인 기술은 새로운 도자기를 만들어 냈습니다. 김태도는 지금의 가라쓰야키*의 뿌리가 된 고가라쓰야키*를 대량으로 만들어 내기 시작했습니다.

사가현 영주 고토 이에노부는 김태도와 조선 도공들이 만들어 내는 도자기로 엄청난 돈을 벌었습니다. 당시 일본에서 조선 도공들이 만든 질 좋은 도자기는 없어서 못 팔았고 부르는 게 값이었습니다. 영주는 얼마 지나지 않아 주체할 수 없을 만큼 많은 돈을 벌어들였습니다. 영주의 수익은 도공들에게도 영향을 주었습니다. 김태도와 도공들의 삶은 점차 안정되어 갔습니다. 조선에서는 상상도 할 수 없었던 장인 대우를 받으며 도자기를 만들 수 있었습니다. 그러나 영주의 마음이

---

* **가라쓰야키:** 일본 규슈 지역에서 생산되던 도기로, 16세기 임진왜란 이후 조선에서 일본 열도로 납치된 도예가들의 도예 기술에 영향을 받아 만들어졌다. 특히 한반도와 가까운 가라쓰시 지방에서 많이 생산되어 그 지역을 딴 이름이 붙었다.

* **고가라쓰야키:** 임진왜란 이전부터 왜구들이 조선 도공들을 납치해. 주로 규슈 지역에서 만들었던 도기로 가라쓰야키보다 이전에 만들어진 도기를 일컫는 말이다.

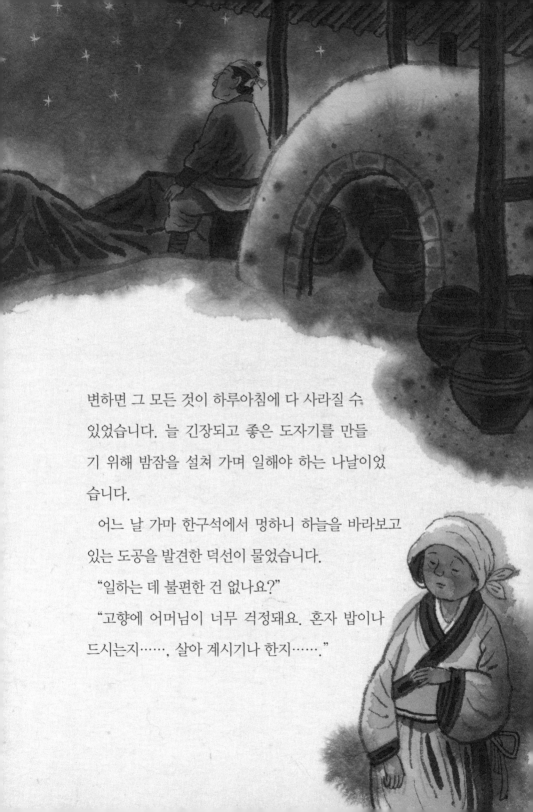

변하면 그 모든 것이 하루아침에 다 사라질 수
있었습니다. 늘 긴장되고 좋은 도자기를 만들
기 위해 밤잠을 설쳐 가며 일해야 하는 나날이었
습니다.

　어느 날 가마 한구석에서 멍하니 하늘을 바라보고
있는 도공을 발견한 덕선이 물었습니다.

　"일하는 데 불편한 건 없나요?"

　"고향에 어머님이 너무 걱정돼요. 혼자 밥이나
드시는지……, 살아 계시기나 한지……."

도공은 울먹였습니다. 야윈 볼을 타고 흐르는 눈물을 보는 덕선의 마음도 찢어지듯 아팠습니다.

"우리도 고향에 노모를 혼자 두고 왔다오. 지금까지 살아 계시는지도 모른 채 이렇게 살아야 하니……. 난리도 끝난 지 오랜데 우리는 고향에 돌아가지도 못하니 불효도 이런 불효가 어디 있겠소. 그 생각만 하면 밥도 넘어가지 않고 잠도 못 이룬다오."

덕선은 도공과 함께 슬퍼했습니다. 한동안 말이 없던 도공이 다시 입을 열었습니다.

"일부러 그런 것도 아니고……, 다 운명이겠지요. 부처님께 어머님을 보살펴 달라 빌어야겠어요."

도공은 스스로 마음을 추스르고 다시 일하러 갔습니다.

'고향을 떠나온 지 벌써 십 년도 더 지났어. 이번 추석에는 모두 모여 차례도 지내고 명절 음식이라도 나눠 먹어야겠구나.'

7년에 걸쳐 조선을 쑥대밭으로 만들었던 임진왜란은 전쟁을 일으킨 도요토미 히데요시가 죽음으로 끝났습니다. 그러나 끌려온 조선 사람들은 고향에 돌아가지 못한 채 일본 땅에서 살 수밖에 없었습니다. 돌아가고 싶어도 갈 수 없는 안타까움. 덕선은 그런 마음까지 다 어루만지고 위로해 주었습니다. 덕선은 날마다 가마로 나가 도공들의 어려움이나 형편을 살폈습니다. 우치다 가마의 도공들은 그런 덕선을 어머니처럼 의지했습니다.

그러나 단 한 사람. 연장 일을 하는 도공 경수는 여전히 김태도와 덕선을 시기하며 깎아내리려 했습니다. 경수는 처음으로 일본의 철분이 많은 흙으로 도자기를 만드는 방법을 개발한 공로로 우치다 가마에서 중요한 역할을 하고 있었습니다. 하지만 늘 덕선의 그늘에 가려 자기 공이 드러나지 못한다 생각하고 있었습니다.

"예로부터 암탉이 설치면 집구석이 시끄럽다고 했어! 가마는 남자들이 일하는 곳인데 여자가 설치는 꼴이라니!"

경수는 어떻게 하면 덕선을 끌어내리고 자기가 그 자리를 차지할 수 있을지 호시탐탐 기회를 노리고 있었습니다.

10. 흙을 대하는 마음

가마가 번창하는 동안 김태도와 덕선은 한 명의 아들과 일곱 명의 딸을 더 낳았습니다. 덕선과 김태도가 끌려올 때 여섯 살이던 아들 종해도 열여섯 살 늠름한 청년으로 자랐습니다. 김태도와 덕선은 큰아들에게 헤이자에몬이라는 일본 이름을 지어 주고 일찍부터 도예를 가르쳤습니다.

"헤이자에몬, 너는 나의 뒤를 이어 이 우치다 가마를 이끌어 나가야 한다."

김태도는 가마 근처에서 놀고 있는 헤이자에몬을 불러 자주 그런 말을 했습니다. 헤이자에몬이 열 살쯤 되었을 때 김태도는 헤이자에몬에게 흙을 한 덩이 주었습니다. 어린아이가 가지고 놀기 좋은 흙이었습니다.

"아버지, 부드럽고 말랑말랑해요."

헤이자에몬이 활짝 웃으며 신나서 흙덩이를 주물렀습니다. 헤이자에몬은 흙덩이를 가지고 조물거리다 동그란 덩어리로 뭉쳐 보기도 하고 길쭉하게 만들어 보기도 했습니다. 그러다 어설프지만 그릇을 만들기 시작했습니다.

"옳지. 잘하는구나."

김태도는 웃으며 꼬물거리는 어린 아들의 손가락을 지켜보고 있었습니다. 그러나 흙은 헤이자에몬이 마음먹은 모양으로 만들어지지 않고 뭉개졌습니다. 입술을 오므리고 흙을 만지던 헤이자에몬은 그만 싫증이 났습니다. 헤이자에몬은 가지고 놀던 흙덩어리를 바닥에 휙 던졌습니다.

"헤이자에몬, 함부로 흙을 던지거나 버리면 벌 받는다. 도공들에게 흙은 쌀과 같고 목숨과 같은 거다. 얼른 줍거라."

헤이자에몬은 아버지의 엄한 목소리에 놀라 흙덩어리를 다시 주웠습니다. 곁에 있던 덕선이도 거들었습니다.

"잘했다. 헤이자에몬. 흙을 귀하게 여기고 소중히 다루는 사람만이 좋은 도자기를 빚을 수 있는 거란다."

헤이자에몬은 자라면서 흙을 만들고 그릇을 빚고, 차근차근 도예 기술을 익혀 갔습니다.

"자, 이번에는 도자기에 그림을 그려 보자. 네가 좋아하는 물고기를 한번 그려 보렴."

헤이자에몬은 아직 마르지 않은 도자기에 뾰족하게 깎은 나뭇가지로 물고기를 그렸습니다.

"아버지, 그냥 땅바닥에 그림을 그리는 것과는 달라요."

"당연하지. 평평한 땅바닥이 아니고 둥근 도자기에 그림을 그리는 거니 훨씬 어려울 거다."

헤이자에몬은 입술을 오므린 채 물고기를 그렸습니다. 어떤 일에 집중할 때 헤이자에몬은 자기도 모르게 입술을 오므리는 버릇이 있었습니다. 덕선은 큰아들의 그런 모습이 사랑스러운 듯 빙그레 웃었습니다.

"헤이자에몬, 네가 조선에 있었을 때 아버지와 마을 앞 대포천에서 물고기 잡던 기억나니?"

헤이자에몬은 어머니를 바라보며 눈을 맞췄습니다.

"네! 어머니. 붕어를 낚았는데 얼마나 퍼덕이던지, 정말 힘센 붕어였어요. 그 느낌이 아직도 생생한걸요. 그날 아버지는 길쭉한 장어도 낚고 참게도 많이 잡았어요."

헤이자에몬의 얼굴이 기쁨으로 환해지며 물고기 이름을 줄

줄이 말했습니다. 모두가 대포천에서 쉽게 잡히던 물고기들이었습니다.

"그때 물고기의 모습을 떠올려 보렴."

"붕어 비늘이 햇볕에 반짝반짝 빛났어요."

"또?"

"눈이 투명하고 예뻤어요. 입도 뭐라 말하는 것처럼 뻐끔거렸고요."

"그렇지! 그 모습을 잘 생각해 내서 물고기를 그려 보렴. 그걸 요리해서 할머니와 우리 가족이 함께 나눠 먹었었지?"

"맞아요. 세상에서 제일 맛있었어요."

"이번에는 그런 생생한 느낌을 떠올리면서 물고기를 그려 보렴."

헤이자에몬은 새 도자기 표면에 다시 물고기를 그렸습니다. 먼저 그린 물고기보다 훨씬 생생한 물고기가 그려졌습니다. 살아 펄떡이는 물고기가 도자기 안에서 헤엄치고 있는 것처럼 보였습니다.

"역시 너는 만드는 것보다는 그리는 데 더 뛰어난 소질을 가지고 있구나."

김태도가 흐뭇한 웃음을 지으며 고개를 끄덕였습니다.

헤이자에몬은 그림을 잘 그렸고 즐겨 그렸습니다. 접시와 크고 작은 그릇, 찻사발, 다양한 크기의 병에 대포천에서 잡았던 물고기들, 연꽃, 풀꽃과 개구리 등을 즐겨 그렸습니다.

큰아들 헤이자에몬은 몸과 마음이 자라면서 도자기를 만드는 솜씨도 자랐습니다. 헤이자에몬은 우치다 가마의 든든한 기둥이자 뛰어난 도공으로 성장했습니다. 덕선은 그런 아들에게 조선 처녀와 짝을 지어 주고 싶었습니다.

"종해야, 너도 이제 장가를 가서 네 가정을 이룰 때가 되었구나. 가마에서 서기 일을 보고 있는 박씨네 딸이 혼기가 찼다는구나. 내가 보니 인물도 뛰어난데다 마음 씀씀이나 솜씨도 나무랄 데가 없더구나. 너만 좋다면 그 처녀와 혼례를 올려 주마."

종해는 펄쩍 뛰며 손사래를 쳤습니다.

"어머니, 저는 벌써 이름도 헤이자에몬으로 바꾼 일본 사람입니다. 조선 여자와 결혼하는 것보다 일본 여자와 결혼하는 것이 앞으로 살아가는 데 더 나을 거라 생각합니다."

"일본 사람은 우리와 생각하는 것도 다르고 풍습도 다르지 않니."

"그게 어때서요? 어차피 우리도 이제 여기서 뿌리를 내리고 살 텐데. 하루라도 빨리 일본 사람처럼 생각하고 일본 풍습에 맞추는 게 옳다고 생각합니다."

헤이자에몬은 생각하는 것부터 부모와 달랐습니다. 김태도도, 덕선도 그런 아들 앞에 더 이상 다른 말을 할 수 없었습니다. 그러나 그런 자식들을 바라보는 마음이 마냥 편치만은 않았습니다.

'그래도 우리는 조선 사람인데, 그 뿌리조차 다 잊고 사는 게 옳을까?'

덕선이도 정답을 알 수 없는 문제였습니다. 새로운 세상을 살아가는 젊은이들의 생각을 인정하고 지켜볼 수밖에 없었습니다. 헤이자에몬뿐만이 아니라 다른 자식들의 생각도 비슷했습니다. 일본 땅에서 나고 자란 아이들이니 부모와 생각이 다른 건 어쩌면 당연한 일인지도 몰랐습니다.

자식들은 자라고 김태도와 덕선은 점점 늙어 갔습니다. 그러나 덕선은 나이가 들어도 활기를 잃지 않았습니다. 이른 새벽에 일어나 머리를 단정히 빗고 흰 수건을 썼습니다. 그리고 깨끗한 옷을 입고 긴 앞치마를 둘렀습니다. 소탈하고 정갈한 차림으로 덕선은 온화한 웃음을 띤 채 가마를 누비며 도공들을 살피고 격려했습니다. 머리에 쓴 흰 수건과 온화한 미소는 언제부턴가 덕선의 특징이 되었습니다. 우치다 가마에는 도공들과 일하는 사람이 많은 만큼 날마다 크고 작은 일과 문제들이 끊이지 않고 생겼습니다. 덕선은 그 모든 것들을 척척 해결하는 우치다 가마의 든든한 안주인이었습니다.

11. 소메츠케자기와 김태도의 죽음

"후카미 신타로. 이제 새로운 도자기를 만들어 낼 때가 되지 않았나? 지금까지 만든 도자기와는 다른 도자기를 만들어 봐. 사가현의 다른 가마에서 만들 수 없는 우치다 가마만의 특색 있는 도자기 말이다!"

우치다 가마에서 만든 도자기로 엄청난 돈을 번 영주 고토 이에노부는 김태도에게 끊임없이 새로운 도자기를 요구했습니다. 영주가 말하지 않아도 진정한 도공이라면 늘 새로운 작품을 만들기 위해 노력하는 법이었습니다. 김태도는 조선에서 만들었던 청화백자를 만들기 위해 밤낮으로 애썼습니다.

"여보, 이것 좀 보시오!"

어느 날 김태도가 들뜬 목소리로 덕선을 불렀습니다. 김태도는 덕선에게 유약이 든 항아리를 열어 구경시켰습니다. 항

101

아리 안에는 검은색 안료가 가득 들어 있었습니다.

"오! 이게 그 귀한 회회청(지금의 코발트) 안료군요."

"맞소. 검게 보이지만 도자기에 바르면 본래의 푸른색이 나오지요. 멀리 서역에서 오는 상인에게 오래 전에 부탁해 뒀는데 오늘 드디어 이걸 구했소!"

오래 애썼던 회회청 안료를 구한 김태도는 기대에 가득 차 그릇을 만들었습니다.

"이번엔 꼭 '소메츠케자기*'를 성공시킬 거야.

소메츠케자기는 한번 구운 도자기 표면에 회회청 안료로 그림을 그린 후 다시 유약을 입혀 굽는 방법으로 만든 도자기였습니다.

김태도는 우치다 가마의 제일 솜씨 좋은 도공들과 접시와 화병을 빚고 초벌 구운 다음 회회청 안료로 그림을 그렸습니다. 그런 다음 유약을 발라 가마에 구웠습니다. 그러나 조선의 청화백자처럼 신비로운 푸른 빛을 띤 그릇들이 나오지 않

---

* **소메츠케자기**: 백색의 돌가루 흙으로 빚은 그릇 위에 산화 코발트 안료를 사용해 밑그림을 그리고 그 위에 투명한 기름을 발라 고온으로 구워 낸 도자기.

았습니다. 조선처럼 질 좋은 백토가 나지 않은 일본에서 조선의 청화백자와 같은 그릇을 굽는다는 건 불가능한 도전이었습니다.

"실패구나. 다 깨어 버려라."

김태도는 파기장을 시켜 도자기를 모두 깨뜨리게 했습니다. 다시 새로운 방법으로 도자기를 만들었지만 생각했던 도자기가 만들어지지 않았습니다.

"아니야! 이런 색이 아니야!"

"이번에도 아니야!"

"이번에도……! 모두 파기장으로 보내 깨어 버려라!"

수많은 도자기가 깨어지고 또 깨졌습니다. 그래도 김태도는 소메츠케자기를 성공할 때까지 포기하지 않았습니다.

"여보, 건강도 돌보면서 일을 하셔야지요. 그러다 병이라도 얻을까 걱정입니다."

덕선이 아무리 말려도 김태도는 듣지 않았습니다.

"조선의 백토 같은 흙이 있으면 얼마든지 만들 수 있을 텐데! 여기는 제대로 된 백토를 구할 수가 없으니……!"

새로운 소메츠케자기를 만들고 싶은 김태도의 열망은 시간이 갈수록 더 간절해졌습니다. 간절함은 김태도의 마음과 몸을 병들게 만들었습니다. 김태도의 몸은 날로 여위었습니다.

"여보, 당신은 우치다 가마의 제일 중요한 어른인데 제발 몸을 돌보면서 일하세요. 그러다 쓰러지겠어요."

덕선이 아무리 말려도 소용없었습니다. 김태도의 몸은 점점 쇠약해졌습니다. 꺼져 가는 초가 마지막으로 타올라 빛을 밝히는 것처럼 눈빛만 번뜩였습니다.

그러던 어느 날.

영주에게 도자기를 납품하러 갔던 큰아들 헤이자에몬이 숨이 넘어갈 정도로 달려왔습니다.

"아버지! 아버지!"

헤이자에몬은 아픈 몸을 이끌고 가마에서 도자기 흙을 만들고 있는 김태도에게 달려갔습니다.

"아버지, 이삼평이란 조선 도공이 다나카의 이즈미산에서 흰 돌산을 발견했대요. 도자기를 만들 수 있는 흰 돌이 엄청나게 많답니다. 큰 산 전체가 흰 돌이랍니다. 소문을 듣고 지금 규슈 지역에 흩어져 있는 가마의 조선도공들이 다투어 다나카로 몰려가고 있답니다."

"뭐, 뭐라고? 흰 돌산? 백자를 …… 소메츠케……!"

김태도는 너무 흥분한 나머지 말을 잇지 못하고 쓰러지고
말았습니다.

"아버지!"

"여보!"

큰아들 헤이자에몬과 덕선이 소리쳐 불렀지만 김태도는 다

시 일어나지 못했습니다.

"내 고향, 감물마을! 결국 가지 못하고 이렇게……."

김태도는 죽는 순간엔 속마음을 드러냈습니다. 고향을 그리워했고 돌아가고 싶은 마음. 가마를 이끄는 책임이 무겁다 보니 그동안 한 번도 밖으로 드러내지 않았을 뿐이었습니다. 김태도는 죽는 순간까지 고향을 잊지 않고 있었습니다.

1618년 10월 29일 김태도는 69세 나이로 세상을 떠났습니다. 그때 덕선의 나이 58세였습니다. 이삼평이 1616년 다나카에서 흰 돌산을 발견한 지 2년 뒤였습니다.

12. 위기

덕선과 우치다 가마의 도공들은 김태도의 죽음을 슬퍼하며 초상을 치렀습니다. 덕선은 조선 도공들이 잠들어 있는 공동 묘지에 남편의 무덤을 만들었습니다.

"여보, 그동안 정말 고생 많았어요. 우리는 죽어서도 고향에 돌아갈 수 없군요. 평생 짊어지고 있던 그 무거운 짐 이제다 내려놓고, 고향 땅은 아니지만 여기서 편히 쉬세요."

덕선은 눈물을 흘리며 남편을 떠나보냈습니다. 함께 헤쳐온 지난날들이 눈앞에 떠올랐다 사라져 갔습니다.

"어머니, 너무 슬퍼 마세요. 아버지 대신 이제 우리가 어머니를 잘 보살펴 드릴게요."

헤이자에몬의 따뜻한 말은 덕선에게 큰 위로가 되었습니다. 덕선은 마음을 추스르며 기운을 차려야 했습니다. 가마의 일이 워낙 많아 남편을 떠나보낸 슬픔에 오래 빠져 있을 여유가 없었습니다.

그러나 단 한 사람 김태도의 죽음을 기뻐하며 하늘이 준 기회라 생각한 사람이 있었습니다. 바로 도공 경수였습니다. 우치다 가마에서 연장일을 하는 최고 기술자 경수는 이제 드디어 자기가 우치다 가마의 주인이 될 기회라 생각했습니다.

'내가 이날이 오길 얼마나 기다렸는데. 이제 우치다 가마는 내 차지다.'

경수는 먼저 가마에서 제일 힘이 없는 잡역부들을 설득하기 시작했습니다.

'기술을 가진 도공들은 어느 정도 분위기를 만들어 놓은 다음 설득해야 말을 들을 테니, 차근차근 해야 해.'

경수는 잡역부들과 마주치면 일부러 호의를 베풀며 말했습니다.

"후카미 신타로 사기장님이 돌아가셨으니 이제 우리는 끈 떨어진 연 신세야. 가마를 이끌어 나갈 새 주인이 있어야 하지 않겠어?"

"그, 글쎄요? 저야 뭐, 누가 되든 임금이나 잘 주면 상관없지요."

"새 주인이 나서면 좋은 건가요? 우리야 뭐 새 주인이건 헌 주인이건 상관있나요?"

도공들 밑에서 허드렛일을 하는 직원들은 경수가 무슨 말을 하건 고개를 끄덕였습니다. 경수는 천천히 끈질기게 직원들의 마음을 파고들었습니다. 많은 직원들이 경수의 달콤한 말솜씨에 넘어갔습니다.

"요즘 가마 분위기가 이상해. 심부름하는 아이부터 물 길어 오고 나무 나르는 일꾼까지 무언가 어수선해. 모두 마음이 떠 있는 거 같아."

덕선이 낌새를 느끼고 말했습니다.

"아버지가 돌아가셔서 그럴 거예요. 어머님이 좀 예민해지시기도 했고요."

헤이자에몬의 말에 덕선이 고개를 끄덕였습니다.

"그래, 그럴 수도 있겠지. 그렇지만 분명 뭔가 있어."

덕선은 고개를 갸웃거리며 긴장을 놓지 않았습니다. 그럴 것이 가마 구석구석 덕선의 눈길이 미치지 않고 손길 닿지 않는 곳이 없었습니다. 덕선은 남편이 죽고 난 뒤 자주 골똘히 생각에 빠져들었습니다. 김태도가 살아 있었다면 함께 의논하며 잘 풀어나갔을 겁니다. 그러나 덕선의 마음을 알 수 있는 사람은 이미 이 세상에 없었습니다.

'이제 우치다 가마의 모든 문제를 내가 다 짊어지게 되었구나. 어쩔 수 없지. 최선을 다해 헤쳐 나갈밖에!'

덕선은 날마다 마음을 추스르며 다잡았습니다. 그러는 동안 직원들의 마음을 얻은 경수는 차츰 도공들에게 접근했습니다. 도공들이 힘든 일을 잠시 놓고 쉬고 있을 때 경수는 도공들이 쉬고 있는 곁에 슬그머니 앉으며 말했습니다.

"아이고, 힘들다."

경수의 엄살에 쉬고 있던 도공들이 맞장구를 쳤습니다.

"그러게. 일은 해도 해도 끝이 없고, 몸은 고단하고, 사는 게 이리 팍팍해서 어찌 사노."

"힘든 만큼 돈이라도 많이 주면 좋은데, 뼈 빠지게 일해도 겨우 입에 풀칠이나 하고 사니!"

"고향 땅 두고 끌려온 신세에 목숨 부지하고 사는 것만도 다행이지!"

도공들이 저마다 한마디씩 거들었습니다. 이때다 하고 경수가 슬그머니 속마음을 드러냈습니다.

"가마 일이 이렇게 힘든데 여자 혼자 어떻게 끌어가겠어? 신타로 사기장님도 돌아가셨으니 이참에 새 주인이 있어야지 않겠어?"

"가마 주인님은 영주님이잖아요."

"그렇지! 주인은 영주님이지만 내 말은, 가마를 이끌어갈 책임자 말일세 책임자! 새 책임자가 있어야 한단 말이지."

"그 부인이 잘하고 있지 않소!"

"여자가 잘하면 얼마나 잘한다고! 규슈 지역 수많은 가마를 보게. 책임자가 전부 남자지 않나! 여기 우치다 가마만 여자가 활개를 치고 있지. 남자로서 자존심 상하는 일 아닌가?"

"그러고 보니 그리 생각할 수도 있겠구먼."

"그리 생각할 수도 있는 게 아니라 그렇다니까! 어디 그뿐인가? 남자 책임자가 있어야 영주 앞에 나서서 도공들 대우도 높여 달라 말도 할 수 있지 않겠나."

대우를 높여 달라 말한다는 경수의 말에 도공들이 눈을 빛내며 경수 쪽으로 몸을 기울였습니다.

"자네가 우치다 가마 책임자가 되면 정말 영주에게 우리 대

우를 높여 달라 말하겠다고?"

"그러고말고! 내가 우치다 가마 책임자만 된다면……."

"호호호호!"

갑자기 터져 나온 웃음소리가 경수가 하는 말을 덮었습니다. 모여 있던 사람들이 깜짝 놀라 뒤돌아봤습니다. 언제부터인지 덕선이 그들의 이야기를 다 듣고 있었던 겁니다.

"자네가 영주님 앞에서 도공들의 대우를 높여 달라는 말을 할 수 있다고? 어디 그 말대로 할 수 있는지 우리 모두에게 보여 주게. 그대가 영주에게 도공들의 대우를 높여 주겠단 약속을 받아 오면 내 당장 우치다 가마의 모든 걸 그대에게 넘겨 주겠네! 호호호호!"

경수와 함께 이야기를 나누던 도공들은 깜짝 놀라 서둘러 자기 자리로 돌아갔습니다.

"내 농담이 아니라네. 자네가 영주님께 그런 대답을 받아 오면 우치다 가마는 자네가 운영하게 될 걸세. 도자기를 만드는 기본이 되는 흙을 자네만큼 잘 만드는 도공은 없어. 그만하면 한 가마를 책임지고 이끌 실력은 충분하지. 그렇지만 영주님은 무서운 분이라 자칫하면 목이 날아갈 수 있으니 조심하시고. 호호호호."

자기 자리를 뺏으려는 경수를 나무라기는커녕 덕선은 경수의 용기를 북돋워 주며 조심하라는 말까지 해 주었습니다. 자기의 비겁한 행동에도 큰 소리로 웃으며 넘기는 덕선의 배포 큰 행동을 보고 경수는 고개를 숙이며 입술을 깨물었습니다. 당황해서 그런 건지, 분해서 그런 건지 그건 경수 자신만이 알 수 있는 일이었습니다.

그날 밤, 덕선이 장부를 펴고 도자기 생산을 살피고 있는데 문 앞에서 인기척이 났습니다.

"저……, 주무시지 않으면 잠깐 뵐 수 있을까요?"

덕선은 장부를 덮고 매무새를 바로 하고 대답했습니다.

"이 밤에 무슨 일이오?"

"긴히 의논드릴 일이 있어서요."

"들어오시게."

덕선의 방에 들어온 경수는 넙죽 엎드려 절부터 했습니다. 덕선은 담담한 표정으로 경수를 지긋이 바라봤습니다.

"제가 잘못했습니다!"

"……."

덕선은 아무 말도 하지 않았습니다.

"제 생각이 짧다 보니 욕심을 부렸습니다. 무엇보다 사기장님이 돌아가시고 힘드실 땐데 제가 비겁한 짓을 했습니다."

그제야 덕선이 입을 열었습니다.

"우치다 가마에서 연장일로는 자네를 따를 사람이 없지. 자네 정도 실력이면 한 가마를 책임지고 이끌어나갈 능력이 충분하다는 생각을 하고 있었다네. 하지만 모든 일은 방법이 정당하지 않으면 그 일을 이루어도 힘을 얻기 어렵다네. 그게 세상 이치지. 자네는 실력이 충분하지만 방법이 옳지 않았어. 여

116

자라서 가마를 운영하는 데 문제가 있는 것처럼 도공들을 선동하는 건 옳은 방법이 아니었어. 여자라서, 이 가마에서 일어나는 일을 내가 하나라도 놓치는 게 있었는가? 내가 여자라서 허리에 칼 찬 일본 영주와 무사들을 상대로 조선 도공들의 이익을 받아 내지 못한 게 있었는가? 그 모든 일을 여자라는 이유로 내가 못한 것처럼 깎아내린 것은 자네가 잘못한 거네."

"저, 정말 죄송합니다. 제가 정말 잘못했습니다. 용서해 주십시오!"

경수는 고개를 들지 못하고 죄를 빌었습니다.

"왜군들에게 끌려와 이곳에 뿌리내리고 살기 위해 우리 모두가 고생하고 있지 않은가. 서로 돕고 의지해도 쉽지 않은 일인데 그런 방법으로 시기하고 헐뜯는 건 정말 조심해야 할 일이네. 이번 일로 자네도 깨달은 게 있을 테니……, 그만 가 보게. 밤이 깊었네."

덕선은 온화한 얼굴로 경수를 보냈습니다. 경수가 깊이 고개를 숙여 인사하고 나간 뒤에도 덕선은 깊은 생각에 빠진 듯 자리에서 꼼짝하지 않았습니다. 방 안의 불은 새벽달이 기울 때가 되어서야 꺼졌습니다.

13. 담판

 남편 초상을 치른 뒤 경수가 흩트려 놓은 우치다 가마의 분위기까지 수습하느라 영주를 찾아가야 할 날이 많이 미뤄졌습니다. 이것저것 마음의 준비를 마친 덕선은 아들 헤이자에몬과 영주 고토 이에노부를 찾아갔습니다.
 "내가 무슨 말을 하더라도 너는 놀라거나 내게 질문하지도 말거라."
 성 앞에서 덕선은 아들에게 단단히 주의를 준 뒤 안으로 들어갔습니다. 두 사람은 여느 때처럼 영주의 접견실로 안내 받아 갔습니다. 바뀐 게 있다면 김태도가 아들 헤이자에몬으로 바뀐 것이었습니다.
 "아버님이 새로운 도자기를 만들어 내려고 건강을 돌보지 않고 노력했지만 뜻을 이루지 못했다고 무척 죄송해하며 눈을 감았습니다.”

“영주님 도움으로 남편 장례를 잘 치를 수 있었습니다. 진심으로 감사드립니다.”

헤이자에몬과 덕선이 머리를 조아리며 인사를 드렸습니다.

“후카미 신타로의 마음은 내가 잘 알고 있다. 그는 참된 도공으로 마지막까지 나와 한 약속을 지키려 애쓴 거다. 그걸 알기 때문에 내 마음도 아프다.”

영주는 김태도의 죽음을 진심으로 안타까워했습니다.

덕선은 잠깐 뜸을 들이며 영주의 표정을 살핀 뒤 다시 말을 이었습니다. 남편 장례를 치르는 동안 아들 헤이자에몬과 신중하게 생각하고 의논한 일이었습니다.

“영주님께서도 소문을 들어 알고 계시겠지만……. 다나카에서 조선 도공이 흰 돌산을 발견했다는 소문을 혹시 들으셨는지요?”

“흰 돌산이라고?”

영주는 아직 모르고 있는 것 같았습니다.

“아버님이 그토록 만들려고 하셨던 소메츠케자기는 흙이 눈처럼 흰 백토로만 만들 수 있습니다. 이곳 다케오나 우치다

에서는 백토를 구할 수 없습니다. 아버님은 마지막 순간까지 백토를 만들려고 애를 썼지만 성공하지 못했습니다.”

헤이자에몬의 말을 이어 덕선이 나섰습니다.

“조선의 도공들이 지금 다나카로, 다나카로 모여들고 있다고 합니다. 이곳 우치다 가마에서는 더 이상 새로운 도자기를 만들 수 없습니다. 우치다 가마는 새로운 책임자에게 맡기고 저희는 다나카로 옮겨갈 수 있게 허락하여 주십시오.”

“뭐라고? 우치다 가마를 두고 다나카로 옮긴다고?”

영주 고토 이에노부는 전혀 짐작하지 못한 말에 놀라 되물었습니다. 헤이자에몬도 놀란 얼굴로 덕선을 바라봤습니다.

‘좀 전에 놀라거나 묻지 말라던 말씀이 이것이었군요.’

헤이자에몬은 눈으로 물었지만 덕선은 모른 척 다시 말을 이었습니다.

“우치다 가마는 영주님의 가마입니다. 그러니 영주님께서 허락해 주시면 우치다 가마는 연장일을 하는 도공 경수에게 맡기고 저희는 다나카로 옮겨 새롭고 더 아름다운 도자기를 만들어 드리겠습니다.”

덕선은 영주가 듣고 싶은 말을 먼저 해 주었습니다. 고토

이에노부의 놀란 얼굴이 살짝 풀렸습니다.

김태도와 덕선은 우치다 가마를 운영하면서 도자기를 만들면 모두 영주에게 팔아야 했습니다. 말이 파는 거지 사실은 재료비 정도만 받고 넘기는 수준이었습니다. 영주는 자기가 끌고 온 도공들을 보살펴 주는 대가로 그들이 만든 도자기를 독점해 팔아서 엄청난 수익을 남길 수 있었습니다. 그런데 잘 운영되고 있는 가마를 두고 다른 곳으로 옮겨 가겠다는 의견은 순순히 받아들일 수 있는 문제가 아니었습니다. 그 점을 잘 알고 있는 덕선이 영주의 마음을 움직일 수 있는 말을 먼저 꺼낸 것이었습니다.

"새롭고 더 아름다운 도자기라……."

영주가 솔깃한 표정으로 입맛을 다시는 걸 보고 헤이자에몬이 나섰습니다.

"질 좋은 백토를 손쉽게 구할 수만 있으면 영주님이 상상도 못한 아름다운 도자기를 반드시 만들어 드리겠습니다."

"곧 다나카의 다른 가마에서 백자를 만들어 낼 겁니다. 우리도 한시바삐 우리만의 백자를 만들어 내야 합니다. 우치다 가마는 경수가 책임지고 충분히 운영할 수 있습니다. 영주님은 우치다에서도 도자기를 생산할 수 있고 다나카에서도 저희가 백자를 생산해 낼 테니 더 많은 이익을 남기실 겁니다."

덕선과 아들 헤이자에몬이 온 마음을 모아 설득했습니다. 그러나 영주는 쉽게 움직이지 않았습니다.

"경수란 자가 자네들처럼 좋은 도자기를 생산해 낼 거란 보장이 있단 말인가? 며칠 더 생각할 시간을 가져야겠다. 오늘은 그만 물러가라!"

고토 이에노부는 손을 저으며 고개를 돌렸습니다. 덕선과 헤이자에몬은 그냥 물러 나올 수밖에 없었습니다.

"어머님, 그게 무슨 말씀입니까? 경수 아저씨에게 우치다 가마를 맡기다뇨? 영주님이 쉽게 허락하실 것 같아요?"

가마로 돌아오는 길에 헤이자에몬이 경수 아저씨 일을 자기와 한마디 의논도 하지 않은 것이 불만인 듯 말했습니다.

"영주님은 내 제안을 거절할 이유가 없어. 다만 경수가 지금 우리가 만들어 내는 것처럼 품질 좋은 그릇을 만들어 낼 수 있는지 확신이 없어 그러는 거지. 한 며칠 더 생각할 시간을 주는 것도 괜찮아. 우리는 이제 이사 갈 준비를 하면 된다."

"영주님이 못 가게 할 수도 있잖아요?"

"아니야. 영주님은 우릴 보내 줄 수밖에 없어. 우리가 새로운 도자기를 만들어 내겠다는데, 그걸 무시할 수는 없을 거야. 그리고 내가 오늘은 말하지 않았지만, 마지막으로 영주님이 허락할 수밖에 없는 조건을 내 줄 거다."

"그게 뭔가요?"

"우리 가마에서 만든 도자기를 지금처럼 모두 영주님께만 납품한다는 계약서! 그런 조건이면 안 보낼 이유가 없지."

덕선의 말에 헤이자에몬이 고개를 끄덕였습니다.

"그렇군요. 어머님. 영주님이 지금 제일 염려하시는 게 바로 그거군요."

"당연하지. 자기에게 엄청난 돈을 벌게 해 주던 우리가 다른 곳으로 나가려는 건데. 계약서만 써 주면 못 나가게 할 이유가 없지. 오히려 우리가 나가는 걸 환영할 수도 있어. 우릴 따르려는 가마 식구들을 데리고 가 새로운 가마를 만들고 살 집을 짓고 하려면 많은 돈이 들 텐데, 그 돈도 결국 영주님한테서 받을 수밖에 없으니……. 독점 판매 계약서로 그 비용을 먼저 받을 수밖에."

"경수 아저씨가 남아서 우치다 가마를 운영하려면 사람들이 필요할 텐데요. 우리가 다 데리고 가면 경수 아저씨는 어떻게 해요?"

"그런 걱정은 안 해도 된다. 지금 도자기를 배우려는 일본 사람들이 얼마나 많은데. 처음은 힘들지 모르겠지만 경수도 그런 고비를 넘겨 봐야 가마를 운영하는 힘도 생기지. 그리고 모든 도공들이 다 우리를 따라가지도 않을 거다. 우치다 가마를 그대로 운영한다고 하면 남겠다는 사람도 분명 있을 거다. 옮겨 가는 곳은 여기보다 훨씬 더 깊은 산골이고 여러 가지 불편한 곳일 테니."

덕선의 말은 맞았습니다. 영주 고토 이에노부는 며칠 뒤 다시 덕선과 헤이자에몬을 성으로 불렀습니다. 그리고 다나카로 가서 만든 도자기를 모두 영주에게만 판매한다는 계약서를 쓰게 한 뒤 가마를 옮겨 가는 걸 허락했습니다. 그 전에 경수를 불러 우치다 가마를 맡길 됨됨이가 되는지 살펴 본 건 물론이었습니다.

14. 우치다에서 히고에바로

우치다 가마의 도공들과 일꾼들 960명이 이사 가는 모습은 대단한 구경거리였습니다. 가마에서 쓰는 물건들과 살림살이를 실은 수레가 길을 가득 메웠습니다. 수레와 사람들의 행렬이 끝없이 이어졌습니다.

"마을 전체가 다 떠나는구나!"

"전쟁이 난 것 같아. 피난민도 아니고, 엄청나구나!"

"우치다 가마가 떠나면 이제 우리는 손님이 없어 어떻게 장사하지? 우리도 다나카로 이사 가야 하는 거 아닌가?"

"다 떠나는 건 아니래. 우치다 가마에도 사람들이 일부 남아서 도자기를 만들어 낸대."

"그렇구나! 그나마 다행이네."

구경꾼들이 저마다 한마디씩 했습니다.

덕선은 자기를 따르겠다는 우치다 가마의 도공들과 일꾼들을 데리고 무사히 다나카의 히고에바로 옮겨갔습니다. 덕선이 이사 갔을 때만 해도 '아리타'라는 이름은 없었고 다나카라는 조그만 산골 마을이었습니다. 지금 '아리타'라고 부르는 도시 이름은 1680년대가 되어서야 생겼습니다.

이삼평이 흰 돌산을 발견하고 나서 사가현은 물론이고 멀리는 규슈 지역에 흩어져 있던 가마와 도공들이 다투어 다나카로 모여들었습니다. 그러나 제대로 된 백자는 아무나 만들어 낼 수 없었습니다. 누구나 만들고 싶어 했지만, 누구도 쉽게 만들지 못했던 도자기가 바로 백자였습니다.

이사를 하고 제일 먼저 덕선은 아들 헤이자에몬과 함께 이삼평이 운영하고 있는 가마를 찾아갔습니다. 그때 이삼평은 마흔 살로 아들 헤이자에몬보다 아홉 살 많았습니다.

이삼평은 자그마한 체구에 깡마른 몸이었습니다. 가름한 얼굴과 팔다리는 햇볕에 그을려 체구는 작았지만 강인한 인상을 풍겼습니다. 신중하게 꼭 다문 입술과 사려 깊은 눈빛은 그가 살아온 삶이 만만치 않았음을 보여 주고 있었습니다. 조선에서 끌려온 도공들의 삶이 얼마나 고달프고 살얼음판 걷

는 나날이었는지 덕선은 이심전심으로 그대로 느껴졌습니다.

"흰 돌산, 백자광을 발견하셨다고요! 정말 대단한 일을 하셨습니다. 이제 사기장님 덕분에 일본에서도 제대로 된 백자를 만들어 낼 수 있게 되었군요. 조선 도공들을 위해서도 일본을 위해서도 정말 큰일을 하셨습니다."

덕선은 젊은 도공 이삼평에게 예를 갖춰 인사했습니다.

"우치다 가마 이야기는 많이 들었습니다. 어르신을 이렇게 뵙게 되어 영광입니다."

이삼평도 공손하게 인사했습니다.

"제 아들 헤이자에몬입니다. 솜씨는 무디지만 성실한 아이입니다. 앞으로 잘 가르쳐 주십시오."

"무슨 말씀을요. 사가현에서 우치다 가마의 명성을 모른다면 어찌 도예를 한다고 할 수 있겠습니까. 그 우치다 가마의 대를 이은 아드님을 어찌 무딘 솜씨라 하겠습니까. 저보다 나이가 어린 것 같으니 형과 아우처럼 편하게 지내면 어떨까요? 그리고 저야말로 어르신께 배울 게 많습니다. 잘 부탁드립니다."

이삼평이 흰 이를 드러내며 환하게 웃었습니다.

"오늘부터 형님으로 모시겠습니다. 잘 부탁드립니다."

헤이자에몬은 넙죽 엎드려 이삼평에게 절을 올렸습니다.

"호호호호, 이렇게 서로 잘 부탁드린다고만 하니……, 호호호호."

덕선의 유쾌한 웃음소리가 분위기를 한층 더 부드럽게 만들어 주었습니다. 같은 조선 사람에, 끌려온 처지도 같은 데다 도자기를 연구하고 만드는 장인들의 공통된 열정까지 보태져 처음 만나는 사이인데도 금방 친밀감을 느낄 수 있었습니다. 세 사람은 늦게까지 이야기를 나누며 웃음꽃을 피웠습니다.

덕선과 헤이자에몬, 이삼평은 아리타에서 함께 백자를 만드는 방법을 연구했습니다.

"돌을 가루로 빻으려니 일꾼들이 너무 힘들어요. 뭐 좋은 방법이 없을까요?"

이삼평의 고민에 덕선이 골똘히 생각하더니 대답했습니다.

"우리 고향에서는 물을 이용해 곡식을 빻는 물방앗간이 있었지요. 물을 이용해 돌을 빻으면 되지 않을까요?"

"오! 물방아! 저는 왜 물레방아 생각을 못했을까요? 정말 신의 한 수입니다. 하하하하."

이삼평이 무릎을 치며 감탄했습니다. 아리타 마을 계곡 곳곳에 물방앗간이 들어섰습니다. 산에서 캐 온 흰 돌은 물방아를 돌려 흰 가루가 될 때까지 빻았습니다. 돌가루를 물에 앉혀 흰 흙으로 만들고 그 흙으로 도자기를 빚었습니다.

"이 사발은 굽 언저리에 백토가 묻지 않고 흘러내린 자국이 일품이구나."

이삼평이 헤이자에몬이 만든 사발을 유심히 살피며 말했습니다.

"네, 형님. 예전에 아버님과 함께 분청사기 만들던 기억을 살려 담금 분장 기법(백토 물에 그릇을 담그는 방법)으로 만들어 봤는데 백토가 두껍게 씌워져 이런 모양이 나온 것 같습니다. 아버님이 계시면 더 여쭤보고 배울 게 많은데……. 도자기를 만들수록 아버님 생각이 더 간절합니다."

헤이자에몬의 말에 덕선이 온화한 목소리로 말했습니다.

"예술품을 만드는 능력은 아무에게나 주어지지 않지. 아버지를 생각하는 너의 그리움과 백자를 만들려는 간절한 마음

이 우리를 새로운 길로 데려갈 거다. 가다 보면 길이 아예 보
이지 않을 때도 있지만 네가 가려는 방향으로 벽을 허물고 칼
을 휘둘러 나무를 베면서 숲을 뚫어야 할 때도 있을 거야.”

'길이 보이지 않을 때라……!'

이삼평과 헤이자에몬은 덕선의 말을 가슴에 새겼습니다.

세 사람은 함께 백자 만드는 방법을 의논하고 연구
했습니다. 서로 다른 가마를 운영했지만 자주 만나
백자를 만드는 유약과 안료를 만드는 기술,
굽는 방법과 불의 온도 등을 의논하고
기술을 공유했습니다.

덕선과 헤이자에몬은 수많은 시행착오와 실패를 거치면서 드디어 제대로 된 백자를 만들어 냈습니다. 조선의 백자는 흰 광목처럼 톱톱하고 정갈한 흰색이라면 덕선과 헤이자에몬이 만들어 낸 백자는 푸른빛이 돌 만큼 희고 투명한 느낌을 주는 백자였습니다. 헤이자에몬은 하얀 사발과 대접, 크고 작은 접시, 화병, 술병, 물잔, 술잔, 향로 등. 갖가지 그릇에 회회청색 안료로 그림을 그렸습니다. 작은 술잔에는 어린 시절 감물 마을 대포천에서 잡았던 작은 피라미를, 큰 접시에는 재빠르게 헤엄쳐 사라지던 은어 서너 마리를 그렸습니다. 화병에는 우아한 연꽃을, 사발과 대접에는 규칙적인 문양을 그려 넣었습니다. 흰 백자의 깨끗함과 시원한 청색 그림은 완벽한 조화를 이뤘습니다.

"오! 이토록 눈부시게 아름다운 흰 도자기라니!"

영주 고토 이에노부는 헤이자에몬이 가져온 백자를 보고 말을 잇지 못했습니다. 일본 영주들은 이제 조선의 도공들을 함부로 대할 수 없었습니다. 조선의 도공들은 자기 일에 최선을 다하고 최고의 결과물을 만들어 낼 수 있는 사람들이었으니까요.

덕선과 헤이자에몬, 이삼평은 백자 만드는 기술을 다른 도공들에게도 가르치고 퍼트렸습니다. 아리타에 **빽빽**하게 들어선 가마에서는 이제 백자를 비롯해 일본 최고의 도자기들이 만들어져 나왔습니다. 가마에는 불꽃이 꺼지는 날이 없었고 가마 굴뚝에서 피어오르는 연기는 아리타의 하늘을 뒤덮었습니다.

15. 그리운 고향 감물마을

　세월은 흐르고 덕선은 점점 늙어 갔습니다. 이제 가마 일은 자손들에게 다 맡겼습니다. 덕선은 증손자 심해 당선을 데리고 히고에바 마을에 있는 호온지 안의 관음산에 자주 올랐습니다. 사람들은 나이 들어 늙은 덕선을 언제부턴가 백파선이라 불렀습니다.

　'저 바다 너머로 가고 또 가면 내 고향 감물마을로 갈 수 있을 텐데.'

　백파선은 푸른 바다와 맞닿은 먼 하늘을 말없이 바라보았습니다.

　"백파선, 또 고향 생각을 하죠? 조선의 도공들도 고향 생각이 간절하면 여기 온대요. 여기서 고향 쪽 하늘을 바라보며 마음을 달랜다고 해요."

손자와 증손들은 백파선을 존경했습니다.

"맞아. 영주나 왜군들한테 일본 말로 이야기할 때처럼 긴장하지 않아도 되는 곳이 바로 내 고향이지. 이곳으로 끌려와 살기 위해 도자기를 만들어야 했지만, 나는 최선을 다해 그 일을 해냈어. 그것은 나에게 늘 새로운 도전이었지. 나는 일본 땅에 도자기 기술을 가르쳐 널리 퍼지게 만들었고 너희들이 이곳에서 새로운 뿌리를 내려 살 수 있도록 도왔어. 이제 내가 가르친 도자기를 너희들이 더 발전시킬 거라 믿는다."

잠시 생각에 빠져 있던 백파선은 다시 이야기를 시작했습니다.

"먼저 일본 땅으로 끌려간 가동댁 어머니와 덕수 어른을 생각하면 늘 마음이 아파. 일하느라 정신없이 살 때는 생각조차 못하지만 가끔 여유가 나면 제일 먼저 생각나는 분들이지. 내 겐 부모님이나 마찬가지였던 분이었는데. 아무리 수소문해도 찾을 수가 없었으니. 두 분의 생사도 모른 채 낯선 땅에서 참 오래 살았구나."

"그 두 분이 백파선을 키워 주셨다고요?"

증손자 심해 당선이 눈을 반짝이며 물었습니다.

"맞아. 내게는 친부모님보다 더 고마운 분들이셨어."

"친부모님은요?"

"몰라. 아무것도 기억나지 않아. 그래도 나는 잘 살아왔어. 이렇게 자손들도 많이 태어나 모두 제 몫을 하며 잘 살아 주니 얼마나 고마운지 몰라."

백파선은 증손자 심해 당선을 보며 인자한 목소리로 말했습니다. 아들, 딸들이 짝을 만나 결혼해 손주를 낳고 그 손주도 다시 가정을 이뤄 어느새 증손주까지 생겼습니다. 백파선은 심해 당선을 보며 다시 말을 이었습니다.

"친어머니는 아니었지만 어머니처럼 보살펴 주던 가동댁이 내게 덕선이라는 이름처럼 선한 덕을 쌓으며 잘 살 거라 했어."

그 축복 덕분인지 잘 살아왔다는 생각이 들었습니다.

"왜군에게 끌려와 낯선 땅에 적응하지 못하고 힘들어하다 더 먼 곳으로 팔려 간 사람도 있었고 그보다 더 먼 곳, 다시는 돌아오지 못할 곳으로 스스로 떠난 사람도 있었지. 너희 증조할아버지와 나는 그리되지 않으려고 오로지 도자기만 생각하며 만들고 살았어. 나는 잠잘 때가 제일 좋았어. 고단한 몸을 쉬게 해 주고, 꿈에서는 고향에 돌아가 조선말로 이야기를 나눌 수 있었으니까. 날마다 밤에 잠잘 시간을 기다리며 힘든 가마 일을 견뎠지."

백파선의 머리는 이제 하얗게 세었고 곱던 얼굴도 주름투성이 할머니가 되었습니다. 아들, 딸들은 다 자라 자기 길을 가고 있고 가마도 날로 번창해 더 바랄 게 없었습니다.

"고향에서는 사람다운 대접을 못 받고 살다 일본에서 그 한을 푸는 것처럼 열심히 도자기를 만들었지. 우리는 이 땅에 뿌리 내리기 위해 정말 고생했어. 이제 후손들이 새로운 그릇을 만들어 내는 걸 보니 마음 놓아도 되겠어. 이제 내가 할 일은 다 했어."

백파선은 고향 쪽 하늘을 바라보며 나지막하게 중얼거렸습니다.

"끌려오긴 했지만, 이제는 여기 이 땅이 내 고향이지. 그래도 내가 남편을 만나 살았던 감물마을을 잊을 수가 없구나. 아마 죽어서나 가 볼 수 있으려나……."

백파선은 감물마을에서 살던 때를 떠올렸습니다. 그때가 가장 행복했던 시절이었습니다.

첩첩이 둘러싼 산 아래 옹기종기 모여 살던 사람들. 마을 앞을 유유히 흐르던 낙동강. 낙동강을 건너던 돛단배와 배를 타고 오가던 정답던 사람들. 남편 김태도와 마을 사람들의 축복 속에서 혼례를 올리던 날. 첫아들 종해를 낳았을 때의 기쁨. 어머니 같은 가동댁한테 남편에게 도예 가마를 물려줄 거라는 말을 처음 들었을 때의 기쁨과 왜군에게 붙잡혀 끌려올 때의 막막하던 마음. 일본에 와서 도자기를 만들기 위해 밤잠을 설쳐 가며 애썼던 일들.

"돌아보니 모든 게 한순간 꿈 같구나! 힘들었지만 최선을 다해 열심히 살았어. 이만하면 잘 산 거지."

백파선은 아무런 후회도 미련도 없었습니다.

"백파선, 바람이 차요. 이제 내려가셔요."

백파선은 법당 안에 부처님께 향을 사르고* 남편 김태도와 가동댁, 덕수어른의 명복을 빌었습니다. 백파선은 부드러운 미소를 지으며 심해 당선을 따라 천천히 산을 내려왔습니다. 자기 방으로 들어간 백파선은 자리에 누워 다시는 눈을 뜨지 않았습니다. 1656년, 백파선의 나이 96세였습니다.

---

*사르다: 불에 태워 없애다.

140